KB108845

나에겐 오직 당신뿐

나에겐 오직 당신뿐

발행일	2015년 5월 8일

지은이	김 경 환		
펴낸이	손 형 국		
펴낸곳	(주)북랩		
편집인	선일영	편집	이소현, 이탄석, 김아름
디자인	이현수, 김루리, 윤미리내	제작	박기성, 황동현, 구성우
마케팅	김회란, 박진관, 이희정		
출판등록	2004. 12. 1(제2012-000051호)		
주소	서울시 금천구 가산디지털 1로 168, 우림라이온스밸리 B동 B113, 114호		
홈페이지	www.book.co.kr		
전화번호	(02)2026-5777	팩스	(02)2026-5747

ISBN	979-11-5585-532-4 03810(종이책)	979-11-5585-533-1 05810(전자책)

이 책의 판권은 지은이와 (주)북랩에 있습니다.
내용의 일부와 전부를 무단 전재하거나 복제를 금합니다.

이 도서의 국립중앙도서관 출판예정도서목록(CIP)은 서지정보유통지원시스템 홈페이지(http://seoji.nl.go.kr)와
국가자료공동목록시스템(http://www.nl.go.kr/kolisnet)에서 이용하실 수 있습니다.
(CIP제어번호 : CIP2015008715)

나에겐 오직 당신뿐

西星 김경환 시집

북랩 book Lab

사람은 혼자 살면 외롭습니다. 아프면 너무 힘듭니다. 도와주는 사람이 없기에. 그래서 사랑하는 사람이 있으면 행복할 것이며 의지가 되고 든든합니다.

사람은 혼자 여행을 가면 쓸쓸해지면서 남들을 보며 부러워합니다. 사람을, 한 사람을 사랑할 때는 처음엔 의지하고 싶고 그 사람을 사랑하기 때문에 그 존재를 느끼면서 그 사람이 내 옆에 있기에 보람, 느낌, 감동, 내 몸으로 스쳐 가는 사랑을 배우기도 합니다.

그 사랑을 지키기 위하여 나도 노력하고 그 사람도 노력해야 그 사랑이 지켜질 것입니다. 서로가 힘들면 서로가 위로와 격려를 해 주고 최선을 다하며 서로의 버팀목이 되어야 그것이 진정한 사랑입니다.

"사랑은 눈으로 보지 않고 마음으로 보는 것이다. 자신을 사랑하는 법을 아는 것이 가장 위대한 사랑이다."

Love looks not with the eyes,
but with the mind
Learning to love yourself is
the greatest love of all

- 윌리엄 세익스피어, 마이클태서 명언 -

나에겐 오직 당신뿐

차 례

제2부

제4부

제1부

사랑은 사랑은

사랑은 우리의 힘이요
그 사람이 나를 싫어한다 할지라도
그래도 먹을 것을 주며 챙겨주고

겉으로는 싫어한다 할지라도
속마음은 나를 많이 생각해 주는 그 사람

사랑은 용기와 꿈이요
내가 대인관계가 어려워도
힘들고 지칠 때마다 그 사람은
날 싫어한다 할지라도 말없이 그 사람이
나에 대한 이야기를 뭐라고 했었길래

나의 꿈이 있어서 잘되지 않고
포기하고 절망 빠질 때도
그 사람은 겉으로는 무시해도
그 사람은 속마음은 그래도 날 생각하며

포기하지 마! 우리가 있는데 꿈을 다시 실어준 당신

사랑을 무조건 외모로 판단하는 무식한 사람
사랑을 무조건 돈으로 판단하는 바보 같은 사람
사랑은 진심이며 자신의 믿음을 주는 것이더라

사랑은 말하지 않아도 겉으로는 내색하지 않아도
속마음은 사람은 사람을 도와주며 이 세상 나가는 것
이니라
사랑은 외모로 판단하는 것이 아니라

배려와 용서와 꿈을 실어주는 것이 점점 커가며
그 고마움 덕분에 사람이 사람을 다시 보게 되는 것이
시구려

허락해 주소서

나의 아내를 허락해 주소서
나의 여자친구를 사랑하게
이제는 눈치를 주지 말고 허락해 주소서

여자친구는 죄가 없고 눈치 주려면
죄인 나에게 주세요. 그 사람은 죄인이 아니라

나이가 어리다고 공부나 하지
그런 말만 하는 주변 사람들
그렇게 눈치 주지 말고 손가락질하지 말며
이제는 당당한 20대 커플로 허락해 주소서

그 사람의 죄가 있다 할지라도
그 사람의 죄까지 내가 받겠사오니
그 사람만은 용서해 주세요

그 사람은 날만 보고 살아왔지

당신을 보고 살아온 것이 아니라
그 사람은 나를 사랑하기에 어린 나이에 시집왔고

그런 사람에게 상처를 주지 마시고
상처를 주려면 나에게 주소서
달게 그 상처를 안고 살아가겠소
달게 그 벌을 내가 받겠사오니
내 아내는 용서하여 주소서

사랑은 어린 나이에 하여도 상관이 없는데
왜 사회 사람들은 눈치를 주는 것인가?
눈치 보다는 축복과 축하함을 주기만 바랐던 우리

나 한 사람 때문에 너무 사랑하여
같이 살기 위하여 고생을 사서 한 그 사람
오히려 미안함이 가득한 나에겐
사회 사람들에게 등 대게끔 하오니까

욕도 하여도 좋소 나에게 하세요
손가릭질 해도 좋소 나에게 하세요
그러니 시간이 필요한다면
기꺼이 드리겠소 그러니
이제는 우리 사랑 허락해 주시구려

새로운 시작

사람은 두 번의 새로운 시작이 온다
월요일은 평일이자 사람의 일하는 시작이고
토요일은 주말이자 사람의 여가 활동하는 시작이다

월요일은 주말에 보냈던 기억 뒤로 한 채
알람으로 새로운 평일 한 주를 새로운 시작하고
오늘 월요일부터 무슨 일이 있을까 그런 생각하며
직장인들은 가벼운 발걸음 통하여 출근하게 되며

월요일은 주말에 아쉬웠던 일만 뒤로 한 채
학교 가기 싫어하는 아이들
엄마의 잔소리 들으며 괴로우며
잠에 깨어 씻고 느림보처럼 가방을 메고
발걸음을 무겁게 등교하는 아이들

월요일은 주말에 살림한 것을 미룬 채
새로운 월요일에는 친구를 만나 수다 떨고

차를 마시면서 집 안에서 있었던 일을 이야기하는 주부들

월요일에서 금요일까지 아이들은
말 듣지 않으면 회초리 맞으며 지냈고

월요일에서 금요일까지 직장인들은
일이 계속 많아지고 상사의 잔소리 듣고
몸이 피곤하여 죽겠지만, 야근까지 하는 직장인

월요일에서 금요일까지 주부들은
똑같은 일상이라 지겨워하면서 불구하고
이 시간이 황홀한 시간이라 생각하며
늦게까지 집 가지 않을 정도로 보내는 주부들

하지만 남편이든 아내이든
새로운 시작이 또 하나 있더라

평일에 시작하는 배우자 생각하는 사랑
주말에 시작하는 배우자 바라보는 사랑

평일에 직장 안에서든지

어디서나 나의 배우자가 보고 싶어서
오후 6시가 되기만 기다리게 되고

아들딸 다 키워도
나이가 50 넘어도 사랑은 식지 않는다
황혼 부부도 떨어지면 보고 싶어서 환장하고

그런 평일이 아침에 보고 저녁에 보고
단 두 번만 배우자 보니 보고 싶은 사랑이 시작되고
단 두 번만 배우자와 식사하니 그리움이 시작되는 평일

주말에 시작하는 사랑
집 안에 아내와 남편이
실랑이가 시작되는 시작이로라

나가지도 않는 남편
도와주지도 않는 남편
그런 아내는 무정해서 말도 하지 않고
집에 나가서 늦게까지 들어오지 않고
나 홀로 차 마시면서 차라리 직장에서 일하는 게 낫지
그런 생각하는 아내들의 마음

집에 나가서 지인들과 여가를 보내며
집 안에 아내와 단둘만의 시간을 갖지 않는다

황혼의 50대 부부도
주말에 시작되면 아내와 말도 섞이지 않고
늦게까지 지인들과 놀다가 늦게 들어오는 남편

사람은 새로운 시작을 그리움과 보고 싶은 가지며
평일을 보내고 짜증과 다툼과 꼴 보기 싫은 마음이
드는 시작
주말을 보내지만, 부부가 왜 그럴까?

평일에는 그리움과 보고 싶은 마음이 시작되었으니
주말에는 가능하면 부부만의
여가 생활을 새로운 시작을 맞이하였으면 좋겠구려

세상을 지금 떠납니다

인간은 살아가면서
젊은 사람들이 자신의 수명
다 보내지 못하여 세상을 떠나갑니다

많이 남은 세상 앞에서
좌절과 포기 등으로 통하여
세상에 자신이 할 일 놓고 가는 고인

집에 돌아가면 세상 안에서 살아 있는 자는
나의 일과 멀다고 생각하지만
나의 일이 아닌 것이 아니라
우리에게 살아 있는 자도 해당하노라

집에 가다가 고물 덩이 떨어져 맞아서
길 건너가 교통사고로
건물 붕괴로 이런 사고가
이 세상에서 흔하게 나는데

언제 일어날지 모르는 것이 인간의 운명

삶을 포기하고 세상을 떠나는 자
세상에서 어리석은 자이고,
세상에서 미친놈이라고
세상에서 빈소도 갈 필요 없는 고인

우리 사람은요 살아 있을 때
잘 해줘야지 안부도 묻고 친하게 지냈어야 하는데
말로만 하지 마시구려

당신도 나도 여러분들 모두
이 세상 언제 떠날지는 아무도 모르고
하루 보낼 때 내일 내가 갈까
내일 보내면 내일모레 내가 갈까

겉으로는 그 사람 왜 세상을 떠났을까?
그런 말을 하고 있어도 속으로는
설마 내일 나도 세상을 떠나는 게 아니겠지
세상에서 남는 자는
하도 하도 바쁘게 살고

행복도 느끼지 못하는 것 같구려

내일 세상을 떠나는 자들은
과거 생각을 하면서
행복하고 즐거웠던 시간이 왔었으면

이미 세상 떠날 준비 한 우리
이미 수많은 시간을 보내왔고
우리 세상 남는 자는
힘든 일이 있어도 우울한 일이 있어도
무조건 즐기며 행복함을 느끼며
세상에 남아서 꿈도 이루고
뭐든지 하였으면 좋겠으니

우리는 언제 세상을 떠날지 모르니까
오늘 오후에 세상을 떠날지도 모르니까

사람들이여 포기하지 말고
사람들이여 절망하지 말며
사람들이여 세상에서 남았을 때
행복과 꿈 모두 이루기를...

찝찝한 마음의 하루

아침 출근길에 집에 나서며
하늘을 보니 왠지 찝찝한 마음이 들고
하늘을 보니 회사 안에 안 좋은 일만
가득 쌓였을 것 같은 하루 느낌이 나며

정오가 되어 점심 먹으러
식당 가는 길에 우연히 하늘을 보니
아침처럼 구름만 가득하고 습기 차서인지
내 몸이 땀이 범벅 젖어버리고

머릿속에는 짜증이 밀려 나오고
민원인들을 만나면 욱해질까 봐
너무나 두렵고 겁이 나는 오후가 시작되는구나

회사 안에 들어가기 전에
하늘을 보며 비가 올까
하늘을 보며 오늘 비 안 올까

속으로는 제발 비 좀 와라
마음으로 간절히 기도하며
회사 안에 들어가며 오후 업무 준비하고

일을 하다 보면 출장 갈 일이 있지만
속으로 나가기도 싫을 정도로
너무나 찝찝한 마음이 들더라

차라리 이런 날씨이었다고 알았다면
연가를 쓰고 집에서 내 마누라와 보냈을 것인데

가족 간에 부부만의 시간을 가지며
회사 안에 있는 일도 상관도 하지 않고
그만큼 그런 생각을 할 것 같은 찝찝한 하루

하지만 집에 내 마누라가 있기에
다시 한 번의 용기와 힘을 내며
나의 딸 아들이 있기에 생각하면
연가 쓸 수 없고 더욱 일해야겠지
또한 다른 직장에 내 남편도 일하고 있고
남편이 벌어오는 돈이 턱도 부족할 판에

아들딸 키우기 위해 허리띠 졸라매고
남편의 어깨 무겁게 하기 싫어하는 아내

아내도 연가 쓰지 않고
찝찝한 하루도 이겨내며
아내는 남편 생각하며
남편은 아내 생각하며

직장 생활 안에서 땀을 흘리며
시간과 다투며 하루를 힘겹게 보내고

내 아내를 사랑하기에
내 남편을 도와주고 아들딸 먹이고 살리기 위해
찝찝한 하루인 오늘도 버티면서 일하는 아내

퇴근하던 찝찝한 하루이며
비 올지 안 올지 모르는 하루 동안
집 들어와서 서로 위로와 격려해 주는 부부

그런 사랑이 있기에
직장 안에서 버티고
이 세상을 나아가는 것이시구려

아미새

시간이 지나서 다시 생각해본다
그 사람을 처음 만났던 그날
과연 그때는 정이 들어 사랑을 키웠으면서
연애할 때는 아미 새 같은 사람이 아니었었다

연애 마침표 찍고 한 부부로
신혼여행에서 너무나 행복한 부부
신혼 커플이라서 옆에 꼭 붙어 다녔던 그 시절

신혼 때에는 내 남편 볼 때
안 보면 더욱 보고 싶고
보면 그냥 말없이 안기고 싶어라

내 아내와 내 남편과의
한이불을 덮고 사는지
벌써 수십 년이 지나서인지
점점 서로가 미운 점이 자꾸 보인다

나이가 40 먹은 아내
나이가 50 먹은 남편
안 보면서 직장 안에서
일을 하다 보니 남편이 안마해 주길
일을 하다 보니 아내의 음식이 생각이 난다

퇴근하고 집에 가면요
두 시간 지나면 미워진다

서로 각자 시간을 가지며
반성도 하며 다시 과거를 생각해 보세

그 사람을 서로 만났던 그날
그 사람을 신혼 때 그날
나이 먹었지만 그대로 영원히 살고 싶은데

아미 새 같은 사랑보다
보면 더욱 보고
안 보면 보고 싶고
그런 그 사랑이 다시 또다시
그런 그 사랑이 다시 또다시
그런 열정과 사랑이 오기만 기다리는구려

아십니까 내 마음

남편과 같이 사는 동안
아내는 마음고생 다하며
기꺼이 남편을 사랑하니까
내 가슴속에 묻히고 아이들 보고
아내는 희생하며 기다렸다

아내와 같이 사는 동안
남편은 땀을 흘리며
열심히 밖에서 뛰어다니며
내 분노를 꾹 참고 아이들 보고
온통 스트레스를 받은 남편은 참고 기다렸다

서로 마음을 알아주기를
서로 말도 하지 않으면서
자신의 마음을 각자 알아주시기 바라니

팁이라도 주거나 속 시원하게 말을 해야 하는데

왜 말을 하지 않고 엉뚱한 말을 하고 나서
나중에 성격 차이 때문에 부부싸움을 하게 되는데

아내는요 마음고생 하면서요
남편이 다가가서 말없이 안아주길 바라죠
아내는요 마음고생 하면서요
따뜻한 말을 듣고 싶어 하는 아내
그 마음을 모르면서 알고 있다는 남편

남편은요 한 번이라도 폭 쉬고 싶어라
아내는 집안일을 하지 않는다고
잔소리하는 아내 때문에 더욱 스트레스받는 구나

그렇지 아니하여도 남편은
직장 안에서 발로 뛰면서
온통 스트레스받고 집에 왔는데

집 안에 와서 바로 씻고 바로 눕는다고
아내의 잔소리 듣고 설거지 좀 하지 않는다고
근데 한 가지씩 양보해 주시면 안 되나
다툼을 할 때마다

당신이 해 준 게 뭐냐고
그 말을 먼저 시작하고

남편은 내 마음 아십니까
이런 말하며 더욱 다툼이 시작되고
아내도 내 마음 아십니까
이런 말 하며 합의점 찾지 못하고

결국은 작으면 말 안 하고
풀릴 때까지 각방 쓰게 되며
연애할 때는 편안하게 해 준다고
서로의 약속을 해 놓고요

결혼하면 그 말 다 잊어버리시나
다시 생각해보면 그 약속 하나하나
서로 하루는 아내가 지켜주시거나

서로 하루는 남편이 지켜주는 날이 오거든

나중에는 아내 마음을 알고
아내 표정 보고 남편이 도와주고

나중에는 남편 마음을 알고

남편 표정 보고 아내는 애교도 부리고

남편 표정 보고 자유를 주는 것도 좋은 방법이더라

다툼도 없이 부부가 하나 되어

좋은 부부라고 그런 소리 듣고 살 텐데...

꼭 이런 부부가 되시길 간절히 바라면서

하나 잃는 것도 있고 하나 얻는 것이 반드시 있는 것

이려

애타는 마음

연락도 받지 않고
아무리 집에 찾아가 봐도
대답도 없는 당신 나는요
오직 애타기만 한다

학교 하교 시간은 지났고
학원에서 수업 끝난 지 오래되고
친구들과 방금 헤어졌다고 하는데

내 아들이 늦은 시간 불구하고
오지 않으니 내 딸이
올 시간이 다 되었는데 오지 않으니
애타는 부모 마음 밖에서 무조건 기다린다

속으로 늦게 오는 것보다
오히려 위험한 세상인데 무슨 일이
생길까 너무나 두렵다

사람은 누굴 기다려도
불안한 일이 생기게 되면
겁이 나고 애만 타는 것이다

누군가 내 아내를 납치할까
내 아내를 납치하여 성폭행당할까 봐
내 아내에게 건강에 무슨 일이 있을까 봐
오직 않는 아내일 뿐인데 불구하고

한 여자를 지키려는 남자의 마음은 고생하는구나

아이가 무슨 일이 있어서
마음 다칠까 봐 두려워하는 부모
불량 사람을 만나서 무엇을 빼앗기지나 않은 지
맞고 오는 것은 아닌지 별생각이 다 드는 부모

부모는 아이가 아프면
부모 마음이 애타면서 아픕니다

한 여자를 지키려고 애를 써도
한눈을 팔면은 나의 여자가 다칠 테니

너무나 두렵고 너무나 애가 탑니다

사람이 애타는 마음이 든다는 것을 알게 되면
한눈팔지 말고 얼른 가시거나
얼른 가지 못하거니와 연락을 하며
안심을 하게 하는 것이 인간의 도리이시구려

밝히시는 등불

밤에 내 앞에 보이지 않는 길
불도 없는 골목길을 걸어가다 보면
앞이 보이지 않아서 돌이 있는지
앞이 보이지 않아서 나무가 있는지
전혀 눈치를 못 채고 그냥 가는 길

그 골목길 기꺼이
밝히시는 등불 만들겠나이다

그 골목길을 밤에 걸어가면
나라도 다치고 부딪치고
집에 가는 길이 험하고 힘들어요

내 여자와 결혼을 하여
나의 여자가 되면 한집에 살고
그 길을 내 여자가 다녀야 하지만
밤이 되면 불도 없는 이곳을

앞이 전혀 보이지 않아서
내 여자가 집에 오다 넘어질까 봐 두렵소
넘어지거나 다치는 꼴을 볼 수 없더라

내가 길잡이 하여 등불 밝히고
그 사람만의 밝히든 등불을 선물로 줄 것이여

나는 다쳐도 상관없고

나는 부딪쳐도 상관없고
오히려 그 사람만 안전하게
가는 길이 위험해도 내가 방패가 될 것이며

사랑하는 아내가 다치면 그 누구 남편이 좋아하는가?
사랑하는 아내가 부딪치면 그 누구 남편이 좋아하는가?
불이 없는 그 골목길을 남편이 앞서 나가서
아내의 손을 잡고 남편이 방패 되며 사랑 지키시는 자

마음은 아내 대한 사랑을 확인하고 싶은 등불
아내가 건강하게 그 길을 지나갈 수 있도록 만든 등불
남의 눈치 보이는 남편이 되고 싶지 않아

남들이 아내의 남편이자 멋쟁이라
그 사람 앞에 그런 소리를 듣고 싶어라

그래서인지 비춰주시는 등불로
그 사람을 힘들게 하는 것보다
행복과 꿈 전파하러 내 아내를 사랑하시는구려

나를 태워라

열정으로 나를 태워라 앞 날 위하여
열정으로 나를 태워라 세상 위하여
사랑으로 나를 태워라 그 사람 위하여

앞날에 내가 무엇을 해야 할 것인지
계획 다 짜면서 열정으로 태우자

세상 나갈 때 절망과 포기 없애고
　나는 할 수 있다 그런 마음으로그 마음을 믿음으로
태우자

그 사람을 사모하고
저 멀리서 보면 도와주고 싶고
그 사람을 연모하여
가까이에서는 좋은 조언을 남겨주고 싶어라
그 사람을 사랑하는 마음이니
내 상을 그 사람을 생각하며 태우자

열정을 가지고 나의 꿈 이루고자
나를 불에다 태우는 듯이 노력과 최선 다하고
믿음을 가지고 배려와 봉사로
누군가가 나를 인정해 주도록 태워라

내 아내에게 좋은 남편으로 기억되게
내 아내가 내 사람이기에 그 무거운 책임감
나의 헌신으로 그 아내의 행복 만들어줍시다

세상에 나가면 직장 안에서 태우고
집 안에 가면 가족들 위해서 나를 태우고
단체나 종교에 가서 봉사를 열심히 하기 위하여
나를 많이 태워라 그래서 그만큼 나의 값어치를 높
이세

높게 높게 저 산처럼 보이며
좋은 사람으로 당신을 새로운 모습
옛날 당신이 아닌 새로운 당신을 보는 것처럼
그 사람과 주변 지인들에게 좋은 모습으로 보이게 될
것이니
무조건 태워라 또 태워라

세상을 나갈 때 인정받기 위해서라면

무조건 태워라 또 태워라

좋은 아내에게 사랑을 받기 위하여

좋은 자식에게 사랑을 주기 위하여

무조건 태워라 또 태워라

당신을 가보치 높은 인정을 받기 위해서

나를 태워서 헌신을 다하는 나와

그 안에서 행복을 내가 만든 것이시구려

행복을 누리고 싶어요

사람은 누구라도 행복을 누리고 싶어 하며
아침에 눈을 뜨며 행복을 누려야겠다고
마음 다짐하며 하루 시작을 알린다

아침부터 직장 안에서 일할 때
행복이 오는 것보다 짜증이 밀려오고
행복은 누가 만들어주는 것이 아니라
행복은 직장 안에서라도 내가 만든 것이니라

선배님께 사랑이 담긴 커피 타 다 주면
선배는 후배에게 고마움이 있어서 좋은 말 듣고
선배가 후배에게 잔소리한다고 짜증 내는 것보다
좋은 말씀이라고 생각하며 나의 가슴에 새기며
업무 일을 하다 보면 내가 행복함이 느끼고 있으니

부하가 과장님께 결재받으러 가지만
잔소리를 많이 듣고 짜증이 밀려오고

과장님이 결재받을 때 보충이 필요하기에
잔소리를 한다고 생각하며 좋게 넘어가면
부하는 나중에 잔소리하여도 행복이 오는 것이고

사람과 사람에게 이야기할 때는요
그 말 한마디 할 때마다 행복을 누리고 싶어요

사람이 사람을 만나게 되지만
우리는 보통 사람이 외모로 판단하여

잘생긴 사람만 이야기하고 있는 여성

사람이 사람을 만나게 되지만
우리는 보통 사람이 외모로 평가하며
예쁜 얼굴 여자들만 이야기하고 있는 남성

이 세상은 못생긴 남자들은
이 세상은 못생긴 여자들은
이 세상 마무리하고 가라는 소리인가?

이 세상은 못생긴 남자들이

멋진 남자들보다 잘하는 것도 있고
이 세상은 못생긴 여자들이
예쁜 여자들보다 잘하는 것도 있는 법이다

이 세상에서 얼굴만 판단하는 당신
외모만 판단하고 나의 여자이고
외모만 판단하여 나의 남자라면
그 여자 남자는 얼마 가지 못하며 깨진다

사람은 사람을 볼 땐 외모가 아니라
사람의 능력이며 매력이니라

사람의 매력에 빠져 사랑을 하게 되며
외모로 보면 그 매력을 볼 수 있을까?

당신이 행복을 누리고 싶다면
외모로 판단하지 말며 매력을 보라

한 남자를 사귀게 되든
한 여자를 사귀게 되거든
남자에게 행복을 받으려고 하지 말며

여자에게 행복을 받으려고 하지 말라

남자친구는 여자친구를 행복하게 해 주고
여자친구는 남자친구를 행복하게 해 주는 것이
서로가 행복을 주고받고 그렇게 사랑하게 된다면
여러분들은 연인 관계에서 행복을 누리며 살 것이
시구려

제대로 미쳐야 사랑을 한다

사람은 한 사람을 연모할 때
멀쩡하면 한 사람을 사랑할 수 없다
너무나 현실적으로 받아들이기 때문이요

사람은 한 사람을 연모할 때
제대로 미쳐야 사랑을 한다
그 사람만 보이기 때문이요

한 사람을 콩깍지를 씌워진다 해도
미쳐야 콩깍지가 씌워지는 것이지
미치지 않으면 콩깍지가 씌워지지 않는다

직장생활 안에서 여비서 보아도
내 마누라가 더 예쁘다 그런 미친 소리를 해야 하며
직장생활 안에서 과장님과 함께하는 회식자리에서
과장님보다 우리남편이 더 멋있다고 그런 미친 소리해
야 한다

서로서로 믿음이 더욱 굳세어지게 되며
서로의 마음 다시 확인할 수 있는 사람이 되더라

어디서나 한 사람을 사랑하게 되면
미쳐라, 장 보면서 그 사람 줄 것도 사고
미쳐라, 어디 갈 때 항상 그 사람에 전화해서 안부 묻고
미쳐라, 놀러 갈 때 내 마누라가 아닌데 불구하고 데리고
다녀라
아내가 될 사람은 다시 그 사람을 보게 되며
그 사람만 위한 사랑을 할 때 진짜로 제대로 미쳐라
남편이 될 사람은 다시 그 사람을 보게 되며
그 사람만 위한 나의 헌신을 할 때 진짜로 제대로 미쳐라

그것이 사랑이고
그것이 서로 마음을 확인하는 진심이노라

멀쩡하면 너무나 현실적 받아들이며
낮에는 새가 듣고 밤에는 쥐가 듣는 듯이
남편이 내 아내 뒷이야기 하여도 듣게 되며
아내가 내 남편 뒷이야기 하여도 듣게 되고
가정불화만 만드는 꼴로 가는 길 그것이 멀쩡해서 만들

어진 길

　가정불화 없는 방법은 단 한 가지
　서로가 제대로 미치면서 부부생활 보내시라
　아들딸 키워도 계속 배우자를 생각하며 미치는 사람
이 되시구려

보호자

사랑스러운 그 사람이 많이 아픕니다
병원에 입원시켜야 해서 보호자 오라고 하니
남자친구인 내가 대신 갔는데 불구하고
병원에선 안된다고 거절당하고 그 사람이 걱정된다

내가 서명한다고 하니 계속 거절만 하는 간호사
그 살마은 너무나 아파하지만 내가 서명을 하고 싶은데
입원을 하며 그 사람이 치료를 받을 생각에
왜 안되는지 우기기만 하는데 간호사가 이유 말해 주네

왜 사랑을 하지 말란 말인가?
그런 생각을 나 혼자 해봅니다

남자친구로 사랑하는 자는 법적으로 보호자가 될 수
없고
한 여자의 남편을 사랑하는 자는 법적으로 보호자가
될 수 있다

말로는 남자친구와 남편은 같은 의미이지만 친과 편은
우리가 우습게 볼 수 없는 하늘과 땅의 차이가 나는
구나

20대 초반 대학생들이 흔히 말하는 내 여자친구
20대 초반 대학생들이 흔히 말하는 내 남자친구
법적으로는 서로 결혼할 생각으로 만난 자가 아니라
그냥 내 옆에 있어주길 바라는 이성친구일 뿐이더라

한 여자의 남편을 맞이하는 게 쉬운 일이 아니라
한 남자의 아내를 맞이하는 게 쉬운 일이 아니라

인간의 삶에서 죽을 때까지 한이불 덮고 살아야 하니까
상처도 받고 기분 좋은 일이 있는 날도 오겠지만
그 극복을 할 수 있는 자신의 배우자를 찾아야 해도
어려운 일이로다

말로 하는 남자친구는 진정 사랑해서 만난 남자친구
아니다
사랑해서 만나는 사람은 정이 떨어져서 그리움이 있
지만

남자친구가 아픈 여자친구를 보호자 노릇을 하지 않았다고
여자친구에게 서운함을 간직한 채 보냈을 뿐인데 정이 떨어진다
나중에 그 사랑이 지키지 못하여 헤어지는 것이 이성 친구 관계

한 남자의 아내를 같이 살면서 아프면 보호자도 할 수 있지만
못할 경우에는 아내는 이해한다, 우리 위해서 열심히 일하는 남편을,
그런 남편을 서운함이 있어도 이해하는 것이
진심으로 부부가 하나 되는 사랑

주변 사람들이 말합니다
20대 초반에는 누군가와 사귀는 것은
진정 어리석은 대학생이며

20대 초반에는 각자의 꿈을 이루고자
이성 친구에게 의지하여 상관이 없지만
발버둥 치는 청년들이 되고 난 후

20대 중반에 와서는 결혼할 배우자를 찾아라

-

20대 중반에서 사랑하는 것은 늦지 않는다

20대 초반에서 사귀는 연인들을 보게 되면

상처만 받고 얼마 가지 못해 헤어지고

각자의 다른 사람과 다시 만나는 정이 붙지 않더라

무조건 사랑을 20대 초반인 커플이나

무조건 사랑을 10대 커플들이 있다고 부러운 것은 아

니다

제일 불쌍한 커플이다

오래가지 못한 사랑하는 남자친구와 여자친구

누군가가 사랑하게 되던 20대 중반에 한 사람을 만나

연애 한 달이든 두 달이든 하고 난 후

당당하게 한 가정의 부부로 지내는 것이

첫사랑의 상처를 받을 리 없고 행복한 사랑을 누리고

살 것이시구려

그 문 열어주시겠습니까?

사람은 누군가 사랑하게 되면
언젠가는 한 번쯤은 틈이 갈라지며
싸우게 되며 그 싸움 하나 때문에
자존심이 각자가 있기에 서로 말도 하지 않는다

그럴 때는 서로 잘못을 따지는 것이 중요하지 않으나
남자가 먼저 무릎 꿇고 용서를 구하는 게 상식이며
서로 누군가 잘못을 따지지 않는 것이 제일 중요하다
는데

우리 말로는 쉽지 않는구나
사랑한다고 서로 좋다고 같이 다닐 때는
언제인지 잘 모를 정도로 보기가 좋았는데

서로 다툼하고 난 후 말도 없이
서로 연락도 없이 지내다
시간이 지나면 헤어지자 그 말이 나온다

그때서야 나의 여자는 당신뿐이라고 하지만
그때는 이미 배가 출발하기 1분 전이더라

1분 동안 무릎 꿇고서 용서 빌며
당신의 닫힌 문을 열어주시겠습니까?

그동안 누구 잘못인지 생각해 보기 위해
말도 못하였고 자존심이 있어서 용서 구하지 못하였소

이제야 당신께 빕니다
화를 푸시며 그 문 열어주시겠습니까?

사랑을 너무나 우습게 생각하는 남자들
서로 하나 주고받는 것이 있지만
서로 하나 주지 않고 받으려고 하는 커플들

사랑이 아이들 장난이 아니라
결혼이 꼬맹이 유치원생들이 소꿉놀이하는 것처럼
결혼을 장난처럼 이야기하는 것이 아니라
어찌할꼬! 나중에 후회하는 일만 만드는 커플들
그때 와서 그 닫힌 문을 열어주시겠습니까?

이혼 도장 찍기 1분 전에 무슨 소용인가?

아내가 예민해지고 시비 거는 남편
진짜로 아내를 사랑하는 남편인가
예민해진 아내를 보면서
말없이 본인도 할 수 있는 일만 하시려

남편이 아무런 말없이 집 안에 있다면
알려고 하는 아내, 무정한 당신
그냥 남편이 말할 때까지 기다리세요

그 아무런 것도 아닌 일을
문을 닫게 하여 이혼하고
서로 양보를 사랑할 때도 하는데
서로 한 걸음씩 뒤로 가기만 하면
문을 닫지 않을텐데...

이 세상은 참 받아들기 힘들도다
서로 그런 말을 하는데
아내 마음을 모르겠다
남편 마음을 모르겠다

다 핑계입니다, 사랑한다면
서로 마음을 알고 사랑하는 것인데
문을 열어주면 뭐 하나?
나중에 또 그런 일이 나올 것 같으니

배가 떠나기 1분 전이라도 그냥 출발하고
이혼 도장 찍기 1분 전이라도 그냥 찍어버리고
새롭게 시작하려고 마음을 가지면 이미 늦으니

서로 부부로 생활할 때 서로 챙겨주며
서로 양보하며 서로 도와주는 사랑
그런 사랑을 만들며 아이들도 많이 낳고 사는 것이 최
고이시구려

칭찬을 받을 만한 사람

그 사람이 나를 좋아하지 않는다고
그 사람은 칭찬을 받지 말아야 하는 것이 아니다

다른 사람에게 나를 칭찬해 주는 당신
겉으로는 나한테 무시하여도 모르는 척하여도
내가 한 행동을 보고 남에게 칭찬해 주는 당신
그런 당신도 기꺼이 칭찬을 받을만한 사람이구나

남자들은 여자 마음을 잘 모른다
남자는 큰 선물을 하면 감동한다고
남자는 큰돈을 주면 감동한다고
착각 속에 빠져 있는데 불구하고
여자들은 기꺼이 감동하는 척하고

사실은 여자들은 큰 것을 원하지 않고
이 작은 선물, 적은 돈으로 하여도
분명 여자들은 감동하고 그의 진심이 보이되

한 사람이 한 여자를 위하여
크게 준비하고 크게 마음먹고
준비하여도 진심이 보이지 않는다

여자가 힘들 때 말없이 힘을 넣어주는 남자
여자한테 격려와 위로하는 남자에게 칭찬해 주지만

남자들은 여자들만 못하네

남자들의 성격은 밝히는 것이기에
큰 것을 원하지 않아도 감동한 척
그런 당신이 진정 칭찬받을만한 사람이더라

요즘 살맛이 납니다
당신이 나를 칭찬해 주는데
아무것도 해 주지 못한 나를
오히려 미안한 마음이 가득하고요

이제는 당신을 내가 칭찬해 드리겠나이다
그 사람은 인정을 받고 살아도 되는 사람이니까
얼떨결에 그 사람이 나를

칭찬해 주는 덕분에
나의 인정이 더불어 살고 있는 것이여

사랑은 무조건 큰 선물이 아니라
사랑은 무조건 큰돈이 아니라
진정 한 사람의 칭찬해 주는 말
진정 한 사람의 존중해 주는 말
이것 진정 우리가 인정하는 사랑의 힘이시구려

오락 반장

기꺼이 사랑하는 당신을 위하여
나의 꿈 접고 오락 반장을 하겠나이다
기꺼이 그 사람 앞에서 웃게 해 주고
다른 사람에게도 웃게 해 주며
이 세상 사람들이 나 한 사람으로 인해
배꼽 잡고 웃는 좋아하는 날을 내가 만들겠나이다

그 사람에 대한 내 마음
전하기 위하여 오락 반장을 하며
내 몸 망가져 오락 반장으로 하여
나의 꿈을 접게 하여도 내 탓이지
당신을 원망하지 않을래요,
나는 당신을 사랑하니까

어떤 사람이 사랑하는 사람이
웃는 모습이 아니라 울상 짓는 모습
누가 그 누군가 좋아하고 좋다고 하는가?

항상 웃는 모습 보는 것을 원하니까
기꺼이 내가 수용한 오락 반장 자리이구나

이성이 아닌 친구로 지낸 사이
이성이 아닌 남매로 지낸 사이
사랑은 웃게 해 줘야 할 임무가 있다
한 사람이 한 사람을 울상인데 불구하고
말로만 위로해줘도 안 되는 일이지요

그때는 그 사람이 몸을 던져서
그 사람을 웃게 만들어 행복함을 보이게 하는 것
사랑은 웃지 못하는 게 사랑은 사랑을 지키지 못하려

진정 나를 보지 않는다 해도
그래도 괜찮아요 나에게는
당신만이 내 마음속에 남아있소이다

학창시절에 오락 반장을 했던 그 기억
다시 더듬어 이제는 당신 향한
내 마음을 확인 시켜주고자 하는 오락 반장이 되었
구려

사랑할 수밖에 없네

사랑은 사랑을 할 수밖에 없는 세상
이 세상은 사랑은 하지 않고 싶어도
사람을 만나서 이야기하다 보면 정이 생기며
남자와 남자가 정이 들어도 사랑을 할 수 있고
여자와 여자가 정이 들어서 사랑을 할 수 있네

다만 다른 사람 보기에는 이상하게 보이고
무조건 사랑은 말해야 사랑하는 것이 아니라
무조건 사랑은 말하지 않고 행동으로 하는 것도 사랑
이지요

어떤 사람이 남자를 볼 때 정이 없을 뿐이지
말 그래도 남자를 사람으로 보지 않는 인간이 어디 있
을까?
어떤 사람이 여자를 볼 때 정이 없을 뿐이지
말 그래도 여자를 사람으로 보지 않는 인간이 어디 있
을까?

사람은 사람을 처음 만날 때
사랑이 오는 것보다 정이 먼저 오고
정이 점점 깊을수록 남자가 남자를 사랑하고
사랑하는 마음으로 조언도 하고 충고하는 것이고
정이 점점 깊을수록 여자가 여자를 사랑하고
사랑하는 마음으로 차도 같이 마시고 수다 떠는 것
이라

여자와 남자는 서로 이야기하고
여자와 남자는 서로 같이 식사하여도
여자와 남자는 서로 같은 근무생활 하여도
인연이 생기게 되면 말없이 사랑하게 되며

무슨 일이 있어도 말없이 배려하며

그런 모습들을 보면서
어찌 사랑하지 않고 싶어도
어차피 사랑하며 겉으로는 모를 뿐이더라

남자가 남자를 사랑해도 친구일 뿐
여자가 여자를 사랑해도 친구일 뿐
사람은 친구이든지 동생이든지 모두 다 사랑이 있어

나에겐 오직 당신뿐

사랑을 주는 사람의 행복이되
사랑을 받는 사람은 오히려 주는 자에게 감사하며
이 세상은 사랑은 없이는 버티며 살 수 없어라
사랑을 가지며 사랑을 지키려는 사명을 가지고 살아
간다

친구를 사귀게 되면 사랑은 안 하는가?
친구를 사귀게 되면 정이 있어 사랑이 느껴지며
동생이 생기게 되면 사랑은 안 하는가?
동생을 사랑하니까 귀엽게 보이게 되는 것이지
이 나라에서 아니라 전 세계 모두 필요한 것은 사랑이
시구려

나를 아시나요?

참 난감합니다
나는 그 사람과 친하게 지내고
나는 그 사람과 좋은 친구로 남고 싶은데
그 사람이 무심하게 서운하게
나를 아시나요? 이런 말을 한다네

사람은 그 누군가와 친구 삼고 싶다면
우리 친구 하자고 바로 말하는 것보다
말없이 옆에서 지켜봐 주고 옆에서 도와주는 것이
힘든 일이 있다면 직접 가서 이유를 묻지 말고
분위기에 맞게 위로 말을 전하는 친구가 되는 것이 좋
아요

사랑은 그 누군가를 주며
친구처럼 동생처럼 지내기 위해서
처음에는 난감하고 존댓말로 하다가
몇 년 후에 친해지는 경우 말 놓고

며칠 만에 친해지는 경우 말 놓고 이야기하고
다 사람마다 사랑이 어떻게 전해지느냐 다르구나

나를 아시나요? 아니요, 솔직 대답하되
솔직히 다가가는 이유를 대답하는 게
진심이 보이고 그 사람과 더 가까이 가는 길

이성을 바라볼 때 친해지고 싶을 때
나의 마음을 솔직히 전해 주며

그 사람의 마음도 알아가며
천천히 사랑의 꽃을 피우고 난 후

나중에는 그 사람이 원하는 것이 무엇인지
다 아시고 난 후 당당하게 고백하시게

그 사람이 어떤 분위기 따라서 고백하는 것도 그때마
다 다르고

친구로 사귀고 싶어도 그 사람 마음 알고
동생으로 사귀고 싶어도 그 사람 심정 알고

애인으로 사귀고 싶어도 그 사람의 진심을 알아야
하며

사랑은 이 세상의 진심이여

사랑은 이후에 위기를 이겨낼 자신

그래서 사랑은 이성을 만나 연애할지라도

포기 없이 좌절 없이 예민해짐 없이 이 땅에서

그 사람과 나를 살려내고 사랑을 지키는 방법의 하나
이구려

제2부

복 받을 사람

이 세상에 살다 보면 불행만 오는 것이 아니다
복도 들어오는 날도 있지만, 복을 받을 과정이 있다
복은 우리가 다 받을 수 있는 자격의 대상자

사랑을 받는 자도 복 받아도
너무나 찝찝한 복을 받을 것이고
사랑을 주는 자는 복 받아도
완벽하고 깨끗한 복이 들어오는 날

배려하면서 잘난 척하는 사람
복이 들어 올 것 같은 예상이 틀릴지라도
배려하면서 일상적으로 하면
복이 들어오는 것이지
잘난 척하는 사람
복이 들어오지 않는다

봉사할 때 말없이 하며

그 누가 봤을 때 인정해야
그때가 당신의 복이 들어오는 것이며
봉사할 때 말 많이 하며
누가 봐주길 바라며 하면 복이 들어오지 않는구나

힘들어하는 사람 이 세상에 많이 있고
그 사람을 위해 말없이 기도로 위로하며
그 사람을 위해 말없이 기도로 격려해 주는 사람
마음으로 통하여 사랑을 주는 자로 통하여 다 알게
되니라

복을 많이 받는 자격은
아무런 말없이 일상으로 하는 일
누군가의 칭찬을 받고 인정하면
복이 받을 자격이 주어지게 되지만

그중에서 사랑을 주는 자
나는 당신을 사랑을 주고 있다 그 말 없어도
사랑을 주는 자가 진정 준다는 의식이 있다면
마음으로 통하게 되는 것이 사람이기에
복을 들어오는 길이 열리게 되는 것이더라

복은 우렁각시처럼 말없이 들어오며

복은 우렁각시처럼 조용히 들어오는 것이며

일상으로 하는 일 꾸준히 도와주며

일상으로 하는 일 차별 없이 하기만 하면

당신은 웃음으로 그 복을 받았다는 증거가 나오는 것
이시구려

잃어야 사랑을 하며

사람은 사랑하기에 얻는 것도 있고
사람을 사랑하는 자는 한 가지 잃고
사랑을 받는 그 사람은 하나 얻게 되며

여자는 연애할 때는 공주님이요
여자는 시집가면 하녀가 된다
여자는 처음 살아가며 연애할 때 하나 얻고
시집가는 여자는 한 남자의 아내로 여자의 몸은 잃
는다

남자들은 연애할 때는 돌쇠이요
장가가는 남자들은 국왕이 되는 것이요
연애할 때는 자신의 꿈 이룰 수 있거니와
연애할 때는 자신의 꿈 포기할 때가 있다
남자들은 한 여자에 대한 사랑 지키기 위해
아기를 키우는 애 엄마처럼 남자를 하나 잃고

장가가는 저 남편은 이제는 혼자가 아니라
가족들을 먹여 살리는 강한 책임감을 주어지며
처음에는 한 여자를 먹이고 살리고
나중에는 아이들과 한 여자를 먹여 살리며
그러니 부부의 국왕은 바로 남편이요

사람들은 아직 사랑은 모른다
제일 어리석은 사랑을 하는 자
사랑을 할 땐 잃지 않고 다 얻어야
진심으로 사랑이라고 주장하는 어리석은 자

연애하는 사이는 잠깐 얼굴만 보며
데이트하며 둘만의 시간을 갖지만
부부 사이는 죽을 때까지 한이불 덮고 사는 사이
둘만의 시간이 없고 아이를 키우고 살아야 하는 세상

남자들도 한 여자를 사랑하며
남자들이 각자의 생각이 틀리지만
하나씩 잃고 가정의 가장이 되고

여자들도 한 남자를 사랑하며

여자들이 각자의 생각이 틀리지만
하나씩 잃고 가정의 현모양처가 되는구나

살아가면서 사랑하는 부부 사이라면
서로 믿음이 제일 중요하고 배려하는 것이 사랑이요
하나 한발 물러서는 양보하는 사랑이요
하나 한발 앞서서 도와주는 것이 사랑이요
서로 맞춰 가는 것이 사랑이요
부부의 생활 하며 오래 살아가는 방법이시구려

앗!

앗! 내가 그 사람 생각하며
준비한 선물 드리지 못했네
언제 그 선물 주는 날이 또 올까?

아! 내가 그 사람 그리워하며
내가 직접 마음 담아 쓴 편지를 그 사람에게 전해 주
지 못했네
언제 그 편지 전해 주는 날이 올까?

사람은 한 사람에 대한 사랑
불태워라 그 사람이 거절하여도
불태워라 그 사람이 신경 쓰지 않아도
시간이 지나서 나중에 당신께 돌아온다

이성으로 현재 사랑하고 있는가?
진심으로 사랑하고 마음에 간직한 자
과연 이 자리에 몇 명 있을까?

진심으로 사랑하기에 떳떳한 것인가?
아니면 그 사람에게 멋진 모습만 보여주고 싶은가?
결혼하여도 그 사람을 행복할 자신이 있는가?

그 사람에게 다가가면 두근거린다고
선물을 주지 못하였는가?
그 사람만 보면 말이 없어져
직접 쓴 편지를 전해 주지 못했는가?

사랑을 원하는 자 모두 다 핑계만 되는 꼴이고
사랑은 현실적으로 이야기해야 하며
서로의 마음을 확인하는 하는 것이 진정 사랑이더라

그 사람을 사랑하기에
그냥 피하고 계속 혼자 좋아할 것인가?

현재의 이성을 사랑하는 자
그 커플들은 진심으로 사랑하고 있는가?
말로만 사랑한다고 하는 것이 아닌가?
남자들은 사랑은 밥 먹는 듯이 한다고 하지만
그 사랑을 한다는 그 책임을 지지 않는 무정한 남자

내 마음이 확고한 그 사람에 대한 사랑
진정 있다면 내 마음이 앗! 뜨거워지도록 태워라
집안일에 반대하여도 그 사람과 단둘이
사랑의 열정으로 앗! 변하지 않을 거야, 그런 마음으로
서로의 사랑하며 버티며 사랑을 키우고 나가시라

그 사람만 생각하고 그리워하며
그 사람만 보고 싶어 하고
내 가슴속에 그 사람의 석 자만 새겨라

남자 마음에서 앗! 그 사람에 대한 사랑 뜨겁다
그렇게 남들이 생각할수록 불태워라
그 사람만 위한 나의 사랑을 계속 태우시구

제일 더운 여름 이야기

사계절 중 제일 더운 계절인 여름
비가 오는 것보다 더위만 계속 밀려오고
더위가 오는 동안 집에만 있어도 땀이 흘리고
나에게는 옛날이 그립도다

정자나무 쉼터에서는 여름에 시원한 장소
그 사람과 수박 먹고 같이 잠들고 놀았던 그 시절
그 사람과의 친구로 지낼 때 그 시절이 그립다
그 사람과의 동생으로 지낼 때 그 시절이 그립다

지금은 나 홀로 집 안에서
텔레비전 켜놓고 보기만 하여도
선풍기가 없다면 더워서 살 수 없다

수박 한 통 사러 과일 집 가는 날
오히려 나 혼자 먹기 아까워하며
오히려 그 사람이 너무나 보고 싶고

그 사람에게 지금 당장 달려가고 싶어라

수박 한 통을 그 사람과같이 먹게 되면
수박이 시원해도 몸이 시원해지는 것이 아니라
내가 원하던 그 사람이 내 옆에 있기에
수박 한 통을 다 먹고 더위가 와도 덥지 않는구나

사람은 한 사람을 사랑하게 되면
짝사랑을 하든지 첫사랑을 했든지

정이 들면서 수다도 떨면서 정자나무 쉼터에서 보내면
시원한 바람이 불지 않아도 오히려 덥지도 않는다

사람은 한 사람을 사랑하게 되면
친구이라도 동생이든지
우정이 쌓여 가기만 하면
서로 옛날 과거 이야기 하며
수박을 먹으면서 웃는 날이 오기에
제일 더운 여름이라도 이겨낸다

그 사람과 옛날 진심 고백을 하고

정자나무 쉼터에서 수박 한 통 잘라놓고

먹으면서 바람도 불어오지 않지만
수박 한 입 먹고 두 입 먹으며
그 사람과 수다 떨다 보니 행복한 그 시간

그 사람이 떠난 지금은 이 쉼터엔
나 홀로 그 사람을 그리워하며
그 사람이 떠나지 않았다면
내 마음의 고백을 한 번이라도 해 볼 걸 후회하며

그 사람을 보고 싶어라
그 사람을 우연히 만나게 되어도
수박을 같이 먹었던 그날로 다시 돌아갈 수 있을까?

내 마음속에는 영원히 그 사람이 있고
내 마음속에는 한 여자 석 자가 새겨져 있고

내 옆에는 비어있지만 항상 그 사람이 있는 것 같더라

그 사람이 있기에는 예전엔 여름이 와도 좋았지만

이제는 여름이 오기만 하면 나는 질색하며

수박을 같이 먹고 수다할 사람 그 여인이 없어서

수박을 같이 먹고 피곤하여 같이 잠들고 하였던 그 여
인

그 여인이 나에게 말해준 그 사랑 되찾고 싶구려

그 사람에게 연락이 올 텐데

큰일 났다 나는 어떻게 해야 할꼬
내가 휴대전화를 어디에 두었는가 생각이 나지 않는다

아무리 찾아봐도 기억이 나지 않고
내 마음이 자꾸 불길한 예감만
다리가 풀릴 정도로 너무나 예민해졌고

그 사람에게 연락이 올 것인데
그 사람의 목소리 듣지 못할까 봐
진정 어찌해야 합니까?

나는요 그 사람을 그리워하며
어떻게든 기다리든 그 사람 목소리인데

그 사람에게 이런 약속하였건만
당신이 무조건 전화하기만 하면
자나 깨나 일하다가도 전화를 받겠다고

한 사람을 연모하니까
한 사람을 좋아하기에
한 사람을 사랑하기 때문에

그렇게 생각하면 뭐하느냐
그 사람이 상처만 주지 않아야
그 사람이 애인을 다시 보게 되는 것인데

휴대전화를 잊어버렸으니
오해만 받는 그 사람에게
어찌 해명해야 할지 모르겠구나

속으로는 분노만 가득하고
나 자신에게 원망을 많이 하고
빨리 찾아서 그 사람에게 전화하여
해명을 하며 그 사람에게 오해를 받지 않게끔

아무리 생각해 보아도 기억이 나지 않고
어디에 두었는지 오후 4시까지 기억이 가물가물 큰일
이 났다
그 사람의 연락처도 몰라요

그 사람 연락처도 내 휴대전화에 저장했더라

빨리 찾아야지 오후 6시 되자
이제 기억이 나고 그때야 찾았다

얼른 휴대전화를 켜 보았더니
내 예상대로 그 사람에게 전화 왔었노라

그 사람에 대한 나의 사랑이 영원히 그대로
나는요 지금도 그 사람을 안 보이면 보고 싶고
그 사람은 삐쳐서 말도 안 하는데 얼른 빌어야지
휴대전화를 잊어버린 내 죄가 크니까 용서해 주라고...

나는 그 사람이 내 옆에 없으면 살 수 없구려

갈 때까지 가봅시다

나의 가는 길 항상 방황만 가는 길
이런 모습으로 갈 때까지 가자
이러다 내가 죽으면 죽는 것이고
이러다 내가 살면 재수 없는 것이다

인연으로 그 사람 만나서 정이 들었고
친해지면서 그 사람이 나를 보려고 전화를 하지만
그 사람에 미안해지며 나 같은 사람이 뭐가 좋은지

시간이 지나서 추억이 지나서인지
옛날 나는 사형 받고 죽었고
이제는 나는 새로운 사람으로 다시 태어났다

이제는 다시 새로운 마음으로 꿈을 꾸지만
나이는 들고 이미 늦어도 부딪치며 나가세
그 사람을 위하여 갈 때까지 가봅시다
새로운 내가 꿈을 크게 가지며

한 발씩 나가려고 하지만
일이 자꾸 꼬이며 나가기만 해도
불길한 예감이 있어도 그 사람이 나를 보고
위로와 격려해 주는 그 사람을 위해서
안되면 되게끔 하고 갈 때까지 부딪치며 나갈래요

누군가가 나를 응원해 준다는 게
정말 행복이고 저한테 사랑을 심어준 그 샬마

나는요 그 사람이 내 옆에 있기에
갈 때까지 안되는 일이라도
끝까지 나가려고 합니다

태풍이 와도 벼락이 친다 할지라도
나의 꿈 오직 그 하나만 이루고자
뒤도 돌아보지 않고 지금까지 그 사람만 보고
여기까지 뛰어도 마라톤 하고 있더라

완주하려면 한참 멀었다
나의 꿈을 이루기까지 해야 진심으로 완주한 것이며
나의 꿈을 이루게 된다면 망가진 나를 다시 새로운 사람

만들게 해 준 그 사람에 이 영광을 받치겠군...

그 사람을 사귀게 되거든 아니거든
그 사람이 한 말에 용기와 희망을 주었기에

그 사람에게 고마움 갚고자 나의 꿈 이룬다,
반드시 이룬다, 그래야 그 사람을 떳떳하게 바라볼 수
있더라

나의 큰 꿈을 이루어 그 사람에 은혜를 갚고자
그 사람이 나를 사랑하였기에 내가 이 세상 다시 살아
났구려...

도망갈래요

그 누군가를 연모하게 된다면
그 누군가와 연애하게 된다면
결혼까지 생각을 한 번쯤 하는 것이
우리의 인간들 생각이고

결혼을 그 사람과 해야겠다고
그럴수록 그 사람에게 사랑이 확고하여

양부모님께 인사시켜 드리며 허락을 받지만
양부모님이 결혼을 반대하는 경우도 있다네

당사자들은 서로 사랑하고
당사자들끼리 떨어질 수 없고
헤어질 수 없어서 그냥 도망가자
그런 생각 하며 그 사람과의 사랑 지키려는 마음

책임감 있는 남자들이

자신이 사랑하는 여자와 결혼하기에
도망가자고 먼저 말을 꺼내는 무정한 남자

여자들은 도망가는 것보다
부모님께 설득시켜 축복받고 싶어 하는데

사랑은 안되면 부딪치며 이겨내야 하며결혼을 반대 한
다는 이유로 도망가면

도망가서 살림 차려 살게 되면 얼마나 행복할까?

사랑 그 하나 때문에
자신 인생 모두 버리고
단둘만 살려고 도망가는 자
사랑을 해서 가는 것이 아니라
다른 오해들도 쌓이면 어떻게 수습할 것인가?

그 사람을 사랑한다면 진심으로
부모님께 떳떳하게 나서며
며느리를 받아주세요, 청하시되
그 사람을 진정 사모한다면

부모님께 당당하게 나서며
사위로 받아주세요, 허락을 받으시며

부모님께 축복받으며
부모님의 통하여 만든 가족들한테
축복받으며 지인들에게 축복받으며
그 사람에 대한 사랑이 행복이 가득 하는 것이더라

도망가는 자는 사랑하는 것이 아니라
진정 사랑하여 그 사람과 단둘이 살고 싶어 하며
그 사람이 아니면 결혼해도 행복하게 살 수 없을 것
같으니

하지만 그 사람만이 내 아내로 되고자 원한다면
하지만 그 사람만이 내 남편이 되고자 원한다면
부모님께 떳떳하게 인사하며 반대해도
설득을 계속시키며 자신의 사랑을 지키시는 자

사랑은 지키는 것이지 사랑을 가지고 도망치는 것은
아니다
한 사람의 행복을 가족들과 같이 꾸며 나가는 것이더라

부모는 반드시 자식을 이기는 자 없고
나중에 시간이 지나서 허락해 주는 것이
자식이 원하는 아내 결혼하라고 수용하고
자식이 원하는 남편 결혼하라고 수용하는 분
그것이 자식들의 핏줄인 부모님이시구려

다이어트

몸매가 어떻게 생겼다고
여기저기 여자들의 싫은 비명
거울 앞에 보고 다이어트 해야겠네
이런 탄식 소리가 귓가에 맴돌고

남자들이 과연 여자 마음을 알까?
많이 먹어도 여자 앞에서 예쁘다고
말을 곱게 해 주면 어디 병이 나는가?

남자들은 여자 마음을 몰라주면서
무슨 사랑 한다고 그런 이야기 나오는지 모르겠구나

한 남자의 사랑을 받고 싶은 여자
먹고 싶은 음식을 먹으라고 하여도
다 포기하여 기꺼이 다이어트 시도하는 여자

그 남자 한 말에 이런 무슨 난리가 날꼬

그러다 여자들이 병 걸리면 그때는
남자들이 어떤 책임을 지려고 하려는 이해 못 하고

한 여자를 사랑하는 자는
몸매를 따지면 차라리 사랑 따윈 하지 말라

몸매가 날씬하여 사랑한다고 말한 남자가
몸매가 쪄서 그전 여자가 아니라고 하여
헤어지자고 선언할 그 어리석은 남자들

한 사람을 사랑하는 게
어린 꼬맹이 장난을 치는 것도 아니고
사랑한다면 사명감을 가져야 한 여자가 내 아내가 되고
사랑한다면 사명감을 가져야 한 남자가 내 남편이 되
는데

그런 것도 모르고 몸매가 날씬하다고
당신의 아내가 되는 것이 아니더라

다이어트를 무리하게 하여
죄 없는 여자들이 목숨을 잃게 되면
당신은 무슨 할 말이 있겠는가?

한 여자를 사랑하는 나그네들
몸매를 보지 말며 나그네가 진심으로 사랑한다면
몸매 말고 얼굴도 말고 능력을 보아라

그것이 몸매 보고 얼굴 보는 것이
그 사람을 사랑한다고 하는 바보 같은 사람 되지 마시며

부부로 생활한다면 분명히 내 아내가 살이 찔 때가 있고
애인으로 지내다 보면 날씬한 내 여자친구가 볼 때도
있지만
사랑은 그 사람을 사랑하는 마음이 제일 중요하고
그 사람을 사랑하는 내 마음만 표현하는 것이 최고여

여자들도 몸매가 뚱뚱하다고 좌절하지 마시며
다른 능력과 매력으로 한 남자에게 전해준다면
좋은 인연으로 좋은 소식이 반드시 오는 날이 오고

사람들은 살을 찌우면 살을 빼면
오히려 건강에 안 좋을 경우가 많이 있으니
몸매 가지고 눈치 보지 말며 사랑할 때는
그 사람을 사랑하는 마음만이 이 사랑이 지키는 것이
시구려

좋아요 당신 덕분에

항상 하루 보낼 때마다
좋아요, 당신 덕분에요
하루가 저물어 가는 모습은 보기 싫도다

당신이 힘들어하고 울고 있는 하루
그 사람 사랑하기에 나도 괴로운 하루 보낸다

당신이 기분이 좋으며 그 사람 사랑하기에
나는요, 그 사람만 저 멀리서 바라만 보아도
당신 덕분에 오늘 하루 행복이 가득하네

그것이 사람이 한 사람 사랑하게 되면
하루 보낼 때마다 당신을 생각만 가득하며
보고 싶을 때는 그 사람 위하여 편지도 써보는 시간

당신 덕분에 나의 꿈이 없었던 내 인생
과거의 내가 아닌 새로운 나를 만들어준 그 사람

그 사람에게 멋진 사람을 보여주기 위한 첫걸음

좋아요, 당신 덕분에 나의 꿈을 꾸며
내 희망을 당신 덕분에 좌절이 아닌 도전을

좋아요, 당신 덕분에 나의 소망을
당신 덕분에 새로운 소망을 주고

일 년 내내 당신 덕분에
행복과 즐거움을 보내게 되었구나

공부만 하려 하면 무슨 공부를 해도
내 성격대로 짜증만 냈던 나

이제는 공부만 열심히 하고
나의 계획 세우며 그 사람 생각하며
나의 목표 세우며 그 사람 그리워하며
그 사람 덕분에 내 새로운 인생을 맞이하더라

사랑을 하게 되면요, 그 사람이
말을 하지 않아도

나를 위해서 뭐든지 하고
내가 힘들고 방황의 길 빠지면
엄마처럼 나를 붙잡아 좋은 길로 가게 해 주네

그런 여자인 그 사람 덕분에
그 사람이 내 여자가 되길 원하는구려

내 남편은 왕자님

남편의 과거 사진을 보며
지금 모습과 비교하는 나

처음 어떻게 만나서 연애하며
지금까지 남편이 나한테 해 주는 일
힘들 때마다 내게 다가와 힘을 실어준 남편

그 당시 내 남편은 왕자님 같은 분
내 남자친구 아니었으면 내가 여기까지 왔을까?
별생각 다 하는 나는 그때와 너무나 다르구나

프러포즈하는 날 내 남편이
손에 물 안 묻히게 해 주겠다고
행복을 전해 주는 사람으로 살게 해 주겠다던 남자친구,
그때 남자친구는 왕자님

결혼하고 신혼부부 생활 때에도

내 남편은 왕자님처럼
나를 쉬게 하며 설거지 빨래 다 해 주었네

10년이 지나고 아이 엄마로 살다 보니
우리 남편은 나한테 확 변해서 대하는 것이
과거 생각할 때 그 남자친구가 아니더라

아이들과 나를 먹이고 살리기 위하여

허리띠 졸라매고 직장 생활하는 내 남편
내가 바보가 되고 남편이 한 말 책임지지 못 한다고
내 남편만 원망하는데 돈을 벌기 위하여
쉬어보지 못한 채 주말에도 출근하는 내 남편

그런 남편을 보채고 힘들게 하는 내가
남 탓을 하며 왕자님이 아니고 골칫덩어리가
그런 막심을 생각하며 집안을 하였던 나

행복하게 해 준다고 해 놓고 안 해줬다고
손에 물 안 묻히게 해 준다고 물만 묻히고
그런 점이 제일 싫었던 나

나도 아이 엄마가 되어손에 물을 묻히게 되며
행복보다 힘든 일이 계속 오게 되며

이겨 내기 위하여
부부가 힘을 모아야 하며 최선을 다하며 싸워나갔다

나는 어리석은 바보 같은 아내
내 남편 마음 잘 모르는 아내
우리 남편은 지금도 왕자님이시며
그 왕자님을 보지 못한 내가 바보 같은 하녀이시구려

내 아내만이 나의 공주님

아내는 과거엔 참 미인
다른 사람들이 나를 보면 부러워하며
아내는 연애할 때는 공주님처럼

나한테 항상 손을 벌려
의지하였던 그 여인이
그래서 반하였던 기억이 나고

그때가 너무나 좋았다
지금 아내는 너무나 변했어요
아이 엄마 되고 난 후에는 나한테 대하는 행동
다 바뀌어 내 아내는 너무나 무서워

무슨 말만 하는 내 아내는 잔소리하고
그 잔소리 때문에 자꾸 피하고 싶어라

내 아내는 신혼 생활 때에는

나한테 얼른 일찍 들어오라고 말하며
아내가 직접 해 준 음식을 먹고

지금은 아내는 집에 텔레비전 한 번 빠지면
아내는 남편이 왔는지 들어왔는지 관심도 없고
남자들은 장가가면 두 손을 놓고 사는 것이 아니라

아내를 도와주며 낮에는 아내가 집안을 하였으니
저녁에는 잠깐이라도 설거지라도 조금 도와주는 센스

남편들이 그런 모습이 없고
집안일 마치고 나가서 놀다가
늦게 들어오는 아내보고 화를 먼저 내는 남자

원래는 지금도 아내들은 공주님이십니다
시집가도 며느리 인정받고
시집갔어도 남편한테 옛 여자친구처럼

남편한테 잘하려고 노력하지만
아내는 남편에게 실망감 받으며
점점 변해 가는 아내들

그런 아내들 만드는 남편들 잘못이더라

아이 엄마라고 아이를 키우며
남편 앞에서 힘들 때 투덜 되며
그 다 받아주며 헤쳐나가는 것이 부부

이제는 아내가 나를 사랑해서 나한테 온 만큼
내가 사랑하는 여자이기에 또한 공주님이기에
앞으로 눈물을 흘릴 리가 없도록 해 주고 말 것이구려

사랑해

사랑해 그 말 남들에게
말하기가 거부감스럽다

사랑해 그 말 우리에게는
자신이 사랑하는 이성에 하는 말
이성에만 하는 말이라는 것만 알고 있는 현실

사회에서 직장 생활 학교생활
세상에서 노숙자도 있고 보육원 아이들도 있는데
이 사람들은 포기도 가끔 할 때가 있고
이 사람들이 좌절도 할 때도 있는 사람

사랑해 이 말은 사랑하는 자인 이성에게만 하는 것이
아니라
힘들어하는 고아원 아이들에게 말하면요
부모 버림 아이들이 남들이 사랑해 그 말 들으면
행복과 축복받은 사람처럼 즐겁게 더욱 헤쳐나가며

길가에서 지나가면 노숙자들이
길거리에서 신문 한 장 깔고 자는 모습
돈 한 푼 두 푼을 쥐어주면서 사랑해

마음이 따뜻한 말이라서인지
노숙자들에게도 희망과 빛이 오고

좌절과 포기하는 사람
붙잡아서 위로와 격려해 주면서

"사랑해." 그 말은 당신 혼자 아니라는 뜻이며

"사랑해."라는 말만 하면요
해석을 다르게 하여도
우리는 이상하게 생각하는 현실

위로와 격려해 주는 말이 짧은 말이다
길어도 위로인지 격려인지 몰라요
보육원생들에게 조언한다는 말도 짧다
단 석 글자만 말을 하면 되더라

이성에게도 좋아하는 만큼 사랑해
그 말을 하지만 이성의 사랑은 마음이요

아픔과 상처 앉고 사는 저 사람들에게
희망과 메시지를 전해 주는 사람들이 필요하지만
그 말이 석 글자 사랑해 그 말이 최고

"사랑해." 우리에게 행복하게 해 주는 말
남자가 남자에게 한다고 이상하게 판단하는 것보다
여자가 여자에게 한다고 이상하게 판단하는 자들은
진정 사랑의 의미를 모르는 어리석은 사람들이

우리 마음을 따뜻하게 해 주는 말은
항상 위로하는 말 격려하는 말
길게 하지 말며 짧게 "사랑해." 그 말만...
사람은 한 번은 듣는 고마운 말

절대로 잊지 못하며 배려와 봉사를 하며
그 사람에게 고마움을 표시하려는 사람들
"사랑해." 그 말 한 번씩 해 주면
서로 서로가 다른 사람들처럼 보이게 될 것이시구려

Gentleman

당신은 누구의 젠틀맨인가?
그 한 사람만의 젠틀맨인가?

이 세상은 한 사람만을 위한 일은 없다
이 세상은 다른 사람들에게 베풀며
이 세상은 다른 사람에게도 신뢰 쌓으며
그 신뢰가 높을수록 나중에는 그 사람에게
옛날 내가 아닌 새로운 나를 보는 그 사람이기에

다른 사람들에게 한 번도 신경 쓰지 않았던 사람이
지인부터 젠틀맨이라고 소리 들으며 베풀며
젠틀맨처럼 발 벗고 봉사를 하며
이쪽저쪽에서 젠틀맨이라고 인정하였을 때

머리 만지면서 쑥스러워하였던 내가
속으로는 그 사람이 생각하고
gentleman처럼 되자는 목표 새겨

길거리 지나도 힘든 사람들 보면

나대서 도와주는 큰 일꾼이 되는구나

저 사람이 나에게 아무런 느낌이 없고

그 사람은 내가 지금 사모하는 사람이기에

그런 생각 하면 젠틀맨이 아니라 차별적 하는

그 사람만 모르는 어리석고 그런 사랑은 사랑이 아니

더라

gentleman은 말없이 뒤에서 베풀며

-

큰돈 없으면서 허리띠 졸라매며

큰맘 먹고 기부하는 것도 젠틀맨 소리 듣는다

하지만 젠틀맨이 되고자 하는 자

한 사람만의 사랑하는 것이 아니라

이 대한민국 사람들 다 사랑하는 마음으로 가져라

진심 담은 마음으로 나서서 도와주고

진심 담은 마음으로 베풀며 기부하고

진심 담은 마음 담아 힘든 사람에게 손잡아 주고

나중에는 그 사람에게도 힘들 때
내가 당당하게 나서 손잡을 때
속으로는 이 손 놓지 않을 것이며
이 사람에 대한 내 사랑은 지킨다는 그런 약속
나 자신에게 굳게 결심하게 되며

오늘 하루도 그 사람 말고도
진정 젠틀맨 되기 위하여
이리저리 길거리 돌아다니며
영원한 젠틀맨이 그 사람 입에서도
자신이 사랑하는 자 지키는 방법
다른 사람에게 내가 젠틀맨이라고 인정받고
그 인정받는 소리가 나중에
그 사람에게도 듣게 될 것이시구려

사랑은 이것, 사랑은 저것

사랑은 우리가 무엇이냐고
개인적으로 생각해본 적이 있던가?

사랑은 한 사람을 꾀어서
신나게 연애하며 놀고 다녔던 그날
이런 사람들이 그런 말하지만 바보 같은 사람

사랑은 이것이다, 바로 믿음이요!
한 사람을 누군가 사랑하게 되면
연애하면서도 무슨 일 있어도 서로 믿게 되며
불길한 예감이 들어도 믿게 되며
서로의 믿음이 탄탄하여 사랑이 오래간다

사랑은 저것이다, 바로 행복이다!
한 사람이 떨어져 있거든 거리가 있다 할지라도
그 사람이 행복하면 내가 행복하구나
말없이 그 사람이 웃을 뿐인데 내가 행복하면

그 사람을 내가 사랑하고 있다는 뜻이고

사랑은 이것이다, 바로 기도요!
한 사람이 아프면 사랑하는 자가
그 사람을 위한 기도를 하면서 옆에 지켜주며
보고 싶은데 잘 일이 풀리지 않았을 경우도 기도하라
불안할 때도 기도 하라 하늘에서 그 사람과 나를 지
켜주실 것이니까

한 사람을 연모하면서 한 사람만 사랑하면서
애인이라고 서로 호칭 부르며 연애하던 그 시절
서로 간의 기도와 행복과 기도가 있기에
지금 내 아내가 그 당시 연애하였던 나의 여자친구
바로 긴 시간이라도 짧은 시간이라도
이 세 가지만 잘 갖춰진다면 그 사람과 결혼 반드시
성사되더라

바쁜 일이 있음 불구 그 사람에 힘들어할 때
말하며 가는 것이 아닌 말없이 그 사람에 다가가서
손을 살며시 잡고 옆에만 있어주는 남자의 센스
믿음이 굳게 먹고 기도도 꾸준히 하며

그 사람이 행복하길 바라면 나도 행복하고
그런 점이 아는 자가 한 사람의 사랑을 지키는 것이고
그 사랑을 지켜 지금의 내 아내가 될 수도 있구나

연애하던 시절 다시 돌아봐도
그때가 너무나 그립다
다시 연애하던 그 시절 준다 할지라도
다른 사람이 아닌 지금의 아내 다시 만날 것이라고
그런 생각을 할 정도로 그 사람만 연모하는 게

당신들이 말하는 사랑의 진심 담겨
우리에게 알려져 그 사람과 당신의 사이
더 높게 보게 되며 닮아가는 자가 되고 싶어 할 것이
시구려

사랑의 눈물

세상에 사람들이 살다 보면
힘들어서 좌절하며 주저앉았을 때
이겨내고 싶어도 눈물이 흘린다

세상을 살아가기에는 싸워가며
나의 자신과 싸움 경쟁 싸움
다 하며 지치기만 하는데
이기고 싶은 마음이 가득하여 눈물 보이고

세상에서 살다 보면 행복해서
세상에서 너무 즐거운 일만 있어서
세상에서 너무나 복이 들어오기에
기뻐서 한없이 눈물이 흘리는구나

사람은 이 세상 태어나 살면서
이성을 연모하게 되면서 사랑이 느끼며
짝사랑도 하면서 지켜주고 싶은 마음

짝사랑도 하면서 챙겨주고 싶은 마음
여인이든지 남자이든지 다 그런 마음이 있더라

그 사람에게 당당하게 고백하였지만
거절당할 때 그 사람 그래도 좋아하기에
그래도 놓치기 싫어서 눈물이 보인다

그 사람이 힘들어하였을 때
나서고 싶어도 그렇지 못하였을 때

그 사람이 힘들어하는 모습 보아서
나도 모르게 눈물이 글썽일 때가 많고

그 사람에게 당당하게 걸어가
위로해 주며 격려해 주며
그 사람이 나한테 안길 때

사람은 사람 앞에서 흘리는 눈물
고마움의 눈물이요
미안함의 눈물이고
세상을 살아가는 사람들은

누구에게 기대며 서로 의지하며
이 세상을 자신 싸움하며
그 자리 경쟁하여야 이기는 법이더라

사랑을 하면서 그 누군가 위하여
내가 할 수 있는 일 있다는 것이 축복이며
그 사람이 힘들면 나도 눈물이 흘리며
눈물이 있어야 깨닫는 것도 많이 얻게 되구려

우리에게 소중한 것

이 나라 안에서 사람은
사람에게 소중한 것이 있다

사람이 사람을 만나게 되면 우정이 소중하고
사람이 이성을 만나게 되면 인연이 소중하고
사람이 힘든 사람이든지 위로 격려해 주기 위함은
본인이 사랑이 넘쳐야 하기에 사랑이 소중하구나

길거리에 지나가다 보면
힘들어 주저앉은 사람이 많고
길거리에 지나가다 보면
술을 많이 먹고 쓰러져 있는 사람도 있다

그 사람은 행복해서 아니라
살기 고통스럽기 때문에
남들이 손잡아 주길 원하는 사람이니
우리에게는 소중한 것은

사랑이 담긴 배려이며
사랑이 담긴 봉사이더라

봉사를 하면 할수록
우리에게 행복이 넘치고
배려를 하면 할수록
남들에게 인정을 받는 사람이 되고

소중한 것이 하나하나 찾아가면
행복도 오고 축복도 오고 인연도 오고
사랑이 넘치게 오게 되는데

소중한 것을 찾고 지켜야 한다
소중한 것을 지키지 못한다면
불행이 오랫동안 머물게 되더라

소중한 것은 그 누군가를 만나도 봉사하고
소중한 것을 그 누군가를 지나쳐도 위로하는 말
소중한 것은 위로와 격려가 자주 하는 것이요
우리 사람에게는 모든 것이 소중한 것이되
제일 중요한 한 가지는 사랑이 지키는 것이고

그 이성을 사모하게 된다면 그 사람 위해서

무엇을 할 수 있는지 생각하는 것도 재미로 사는 것이

시구려

그 사람 찾고 싶어요

옛날의 첫사랑이 기억이 남는다
그 첫사랑이 덕분에 사랑을 알게 되고
그래서 그 첫사랑을 잊지 못한다

사랑은 첫사랑으로 시작하여
첫사랑이 나의 배우자가 되는 것
있을 수도 있지만 못 되는 경우가 많고

첫사랑은 소꿉놀이하는 사랑 정도이고
첫사랑은 정이 떨어지면 헤어지게 마련한 일이고
하지만 가끔 몇십 년 지난 이 시간에는
가끔 그 사람을 찾고 싶을 때가 많구나

학창시절에 그 여인을 만났던 기억
철없이 친구처럼 떠들고 수다 떨었던 그 시간
서로가 매력에 빠져 첫사랑을 이루고
대학교 시절에는 헤어지면서 첫사랑이 끝나고

대학교 시절에는 다른 대학생들을 만나면
가끔은 대학생이 된 그 여인도 그리워하며

학창시절에는 사랑이 아니라
사랑 대신 우정 때문에 첫사랑까지

대학교 시절에는 사랑이 아니라
사랑 대신 인연 때문에 우정으로

과거에는 첫사랑은 누구나 한 번씩 하여도
그 첫사랑이 몇십 년 동안 연애하는 사람은 보지 못하
였구나

그 사람이 나의 첫사랑이기에
지금은 그 사람이 나의 배우자가 아니어도
가끔 그 사람처럼 행하는 아내이길 바라고
가끔 그 사람이 내 아내가 되었으면 그런 생각이 가득
하더라

그때 그 시절 그립다 그 사람을 처음 만나 첫사랑 하였던
그 사람이 보고 싶다

지금은 어떤 여자로 살고 있는지
그 사람 어디서 애 엄마로 살고 있는지
나의 첫사랑 그 여인을 찾고 싶어라

아직도 처녀로 살고 있는지
사랑은 첫사랑으로 배우게 되며
사랑은 첫사랑으로 통하여
헤어지는 것도 배우고 배려하는 것도 배우고
그 여인한테 선물해 주는 법도 배우는 것이
첫사랑이 지금의 사랑을 하는 발판이 되었구려

재물 없는 사람

한 사람을 사랑할 때는요
그 사람의 외모로 판단하여
사랑을 선택하는 것이 아니다

한 사람을 사랑할 때는요
그 사람의 재물로 보는 것이 아니다

그 사람의 능력이요
그 사람의 매력이요

사랑은 그 사람만 믿고
그 사람만 의지하며 나가면
반드시 재물 없이도 사랑할 수 있구나

서로 의지하며 서로 기대며
남을 배려하며 남을 봉사하며
남을 이해하며 남을 존경하면

나중에는 재물 없는 사람과 같이 살아도
행복하게 즐겁게 사는 인생을 만들 것이더라

돈 없어도 내 남편이 누군가에 인정받고 살면
값어치를 인정받는 남편이 최고라
집안일도 내 아내가 누구에게 인정받고 살면
값어치를 인정받는 아내가 최고여

무조건 돈이 많아야 그 사람에게

장가가도 행복하겠지 그런 생각은 하지 말라
나중에는 돈이 없어지거나 망하게 되면
그때에는 그 남자에게서 도망갈 것이더라

그렇지 않은 사랑은 버티고
서로의 의지함과 믿음으로 버티며 사는 것이 사랑이고

남에게 재물을 다 바쳐도
남에게 인정받고 사는 남편
남에게 재물을 다 바쳐도
남에게 좋은 사람이라고 소리 듣고 살면

가족들에게 용기와 힘이 얻게 되며
재물 많이 없어도 그 사람을 매력만이 좋으면
그 사람에 시집가도 서로 하나가 되기만 하면
행복과 즐거움 인생길이 환하게 열려 있는구려

찾아서

찾아서 길을 나선다
그 사람 마음을 알아보기 위하여
그 사람과 동행하며 하루를 즐긴다

행복 찾아서 내 할 일 찾는다
우연히 그 사람 만날지라도
내 할 일 하면서 행복을 찾을 것이다

즐거움 찾기 위하여 발버둥 치며
그 사람을 위하여 저 멀리서 지켜보고
그 사람을 위하여 배려하면 즐거워지며
그 사람을 위하여 봉사하면서 축복받으며 살 것이여

사랑을 찾아서 행복합니다
행복을 찾아서 축복받고 있습니다
즐거움을 찾아서 하루가 날아갈 것 같구나
사랑을 알고 싶어서 그 사람을 만나서
그 사람을 통하여 나의 행복을 찾고 싶어라

그 사람을 통하여 나의 즐거움을 찾고 싶어라
그 사람을 통하여 나의 추억을 찾고 싶어라

한 사람은 누구나 찾으러 나간다
한 사람은 누구나 사랑을 찾기 위하여
한 사람은 누구나 행복을 찾기 위하여
누군가를 만날 때마다 발버둥 치고

그 사람을 만나서 우정으로 이야기하며
시간을 갖고 그 사람의 마음을 알게 되면
그 사람을 이성으로 보게 되어도 사랑을 그때 찾아야지

저 멀리서 그 사람을 지킬 수 있기에
그냥 그 사람만이 웃기만 하여도
나는 기분이 좋고 그 사람을 처음 만났던 그 추억
다시 찾아서 생각해보니 너무나 실감이 나지 않더라

지금도 그 사람을 사모하기에 그 사람의 옛 과거 찾
아서
그 사람과의 지금 모습 비교하며
그 사람이 행복하기 위함을 빌며
말없이 열심히 발 벗고 나서는구려

제3부

사랑은 동반자

사람은 누구나 동반자가 있다
동반자가 있기에 의지하고 보내며
동반자가 있기에 기대면서 하루 보내고
동반자와 동행하다 보면 이성으로 느낄 때도 있구나

동반자가 있으면 동반자가 힘들 때
말없이 어깨 빌려주거나 옆에만 있어주고
동반자가 있으면 동반자가 포기하고 좌절할 때
동반자 옆에 사랑으로 감싸주며 손을 잡아주며
동반자 앞에서 용기와 힘을 넣어주는 위로하는 말해
주며

사랑은 동반자입니다
사랑을 할 때 그 사람이
내가 무슨 일이 있어도 옆에 있어서
위로하는 말과 격려해 주는 말을 해 주기에
이 자리까지 오는 길이 터득하게 되고요

지치고 힘들 때 동반자 옆에 기대고
울고 싶을 때 동반자 옆에서 실컷 울고
동반자는 나의 아내이자 내 여자
동반자는 나의 남편이나 내 남자
동반자를 사랑하기에 의지하고 기대는 것이지

사랑은 서로의 믿음이 제일 중요하고
서로의 믿음이 없다면 동반자가 떠나가는 법이더라

사랑은 하나가 되고 한 사람을 사모하게 되면
그 사람의 행복도 책임지는 역할도 있고
서로 할 일 다 맡아서 하고 사랑은 행복을 만들기 위
한 노력이

사랑은 혼자 하는 것이 아니라
동반자가 있고 동반자 덕분에 웃고 울고
동반자가 있어서 내가 사는 목적이 확실히 생기게 되며

포기하지 않는다, 나의 꿈도 그렇고
동반자를 포기하지 않으려고 하는데
사람은 사랑 앞에서 어린 아기 되는 것 같으시구려

사랑은 천국이다

누군가를 사모하여 그 사람만 바라보고
누군가를 사모하여 그 사람 위해서 뭐든지 할 수 있
다면
그것이 그 사람 위해 내 몸 다 받치면서 그 사람 행복
을 원하고

한 남자는 한 여자를 사랑한다고 책임을 알고
한 여자에게 선물을 사 주고 가끔 안부 전화하고
한 여자에게 요리를 못 해도 요리를 해 주는 매너까지
그런 남자 덕분에 여자들은 사랑하면서 천국인 것처
럼 살고 있다

한 여자는 한 남자를 사랑한다고 책임을 안고
한 남자에게 아내처럼 행동하는 모습 보이고
한 남자에게 자주 직접 쓴 편지도 쓰며 그리워하며
한 남자에게 남자의 가끔 몰래 같이 자는 여자도 있구나
사랑을 할 때는 남을 눈치 보며 사랑하는 것이 아니라

당당하게 한 사람을 위해서라도 누군가에게 욕을 먹
어도
　나는 그 사람에게 사랑을 받고 사는 사람이기에
　좌절할 필요 없고 그 사람을 사랑하는 믿음뿐이라

　한 여자는 한 남자가 있기에 여자가 힘들면 지칠수록
　한 남자에게 어깨에 기대며 의지하면서 지내기에
　사랑은 천국 안에서 사는 것처럼 편안함이 가득하며

　한 남자는 한 여자가 있기에 포기하고 싶을 때

　한 남자는 한 여자가 있기에 좌절하고 싶을 때
　그럴 때는 말없이 옆에 있어주는 그 여자 덕분에
　말없이 그 사람 봐서라도 용기와 힘이 넘쳐 일어나는
구나

　사랑은 천국이다, 한 사람 덕분에
　포기 없이 자신의 꿈 이루기 위하여
　그 사람 앞에 떳떳하게 보여주고 싶어서

　자신이 사랑하는 자와 결혼하여도

서로의 믿음만 유지한다면 분명히 그 사랑 지킬 것
이며

그 사랑 안에서 자식도 키우며 천국처럼 가정을 뿌려
살 것이시구려

1등

우리에겐 1등 하기 위하여
무슨 노력을 하고 또한 1등 하면
누구한테 자랑하고 싶어서이며
누구를 위하여 1등 하는 것인가?
아님 1등 하면 돈 주면 좋아할 것인가?
아니면 1등 하면 명예 주면 좋은가?

당신과 나는 다릅니다
나는요 내가 사랑하는 사람 위하여
1등으로 목표 잡고 사는 것이며
체육에도 1등 봉사도 1등 모든 것을 1등
땀을 흘리며 그 사람 생각하며 나갑니다

1등 하면요 명예 준다 해도
1등 하면요 돈을 준다 할지라도
그것도 중요하여도 더욱 중요한 건
그런 모습 보고 나를 어떻게 생각하는 당신

그 모습을 너무나 보고 싶어요, 내가 1등 하는 모습
어떤 반응을 지을지 궁금하면서 그 사람이 행복한 모
습 보고 싶어라

사랑을 하게 되면요, 1등의 목표는 내가 사랑하는 사람
잘 보이려고 하는 것이 아니라 그 사람 보고 행복하길
바라는 마음

사랑을 많이 전파하는 자
1등 하여도 1등 값이 보이고
사랑을 잘 아는 사람은
1등을 내 애인한테 잘 보이는 것이 아니라
내 애인이 그런 모습 보고 행복하고
하루가 즐거워하는 모습을 보기 위함이더라

복권 1등 하여도 그 돈을 내가 쓰는 것이 아니라
그 사람 위하여 1등 당첨금을 쓰는 것이며

어디든지 1등만 되어도 그 사람 위하여
그 사람을 사랑하는 내 마음을 그 1등 하는 모습
1등으로 받았던 상품이나 상금을 쓸 것이시구려

진심 담아서

한 사람을 사랑하기에
한 사람을 존경하기에
그래서 한 사람 위해서
나도 모르게 사랑에 빠졌나 보다

한 사람을 나 홀로 그리워하며
한 사람을 나 홀로 보고 싶어 하며
내 마음을 전해 주고 싶은 마음이 들어도
소심해서인지 그 사람 앞에서 작아진다

진심을 담아서 편지 씁니다.
장난이 아니라 진심으로
그 사람을 사랑하는 마음 전달 위함이며
그 사람을 내 애인으로 맞이하고 싶어서
오랫동안 고민하면서 생각하며 편지를 쓴다

진심으로 그 한 사람에게

사랑의 고백을 쓰기만 하여도
반나절 걸릴 정도로 고민에 푹 빠져버리고
그 사람에게 사랑해 그 말을 하는데 오래 걸렸더라

편지를 쓸 때마다 내 손은 흔들리며
사랑은 겁을 먹는 것이 아니라
그 누군가를 사랑하게 되면 자신 있게 나서며
사랑은 누군가를 사랑하게 될지 짝이 다 있으므로
겁은 없어도 그 사랑을 위하여 한 걸음씩 나가는구나

그 사람을 위하여 편지 속에는 항상
위로와 그 사람을 하고 싶은 말 쓰며
그 사람을 어떤 과정으로 사랑하게 되었는지
진심을 담아서 써야 그 사람의 마음을 알아볼 수 있고

내가 그 사람에게 어떤 편지를 썼느냐 따라서
만약에 거절당할지라도 무시당하지 않고
오빠 동생으로 지내는 경우가 있고 또한
그 편지 통하여 희망과 웃음을 갖다 주는 메시지가
되는구려

이 불효자를 용서해 주세요

시간이 날 때 부모님 앞에서
그 사람 이야기를 많이 하며
그 사람 칭찬을 많이 하며
나는 그 여인한테 미쳤다

이 불효자를 용서해 주세요
부모님 먼저 생각하고
부모님 먼저 챙기는 아들이 되어야 하지만
부모님 먼저 아닌 지금의 내 아내

부모님이 편찮으시다 연락받으면
병원 가보시라고 말만 하고 끊어버리는 아들이고
부모님이 먹고 싶은 음식이 있다면
은행에 가서 돈만 부치기만 하는 아들입니다

이 불효자를 용서해 주세요
지금 내가 사랑하는 내 여자

그 사랑이 오래가고 싶어서인지
그 사람이 아프다고 연락하면
기꺼이 가서 병원에 병간호까지 해 주며
그 사람이 먹고 싶은 음식이 있다면
기꺼이 비싼 레스토랑까지 가서 같이 먹는구나

가끔 옛날 사진 보며
우리 어머니께서 나를 위하여
희생하시던 일들 사진 속에 남았구만

지금은 어머니 별로 챙기지 않게 되면서
이제는 한 사람의 그 여인만 챙기는 어리석은 아들

우리 어머니 무덤에서 이제 무릎 꿇으며 이제는 잘 하
고 싶은데 죽은 사람 앞에서
잘하면 무슨 소용이던가 이제는 후회스럽네요

부모님 앞에서 그 여인만 챙기고
부모님 앞에서 그 여인한테 애교 부리더라

하지만 아들인 나는요 미안해지면서

우리 어머니께서 이런 짓을 할수록

네 여자친구가 행복해지는 방법이니
이 어미는 신경 쓰지 말고 너희 사랑이나 지켜라
그 말씀을 하시지만 그래도 속마음은 서운한 마음이
들겠구나

이 불효자 때문에 아들 앞에서
아들 자랑하고 싶어도 미운 정이 있어서
매일 자신의 아내만 챙기는 아들 녀석 하나에
지치고 힘들어하신 그래도 괜찮다는 미소로 보이며

우리 아들이 행복한 모습을 보시기에
우리 아들이 즐거워하는 모습을 보시기에
그래서인지 우리 어머니 이해하시며
오히려 내 아내에게 먹을 음식까지 챙겨주시더라

어머님 죄송합니다

이런 불효자 용서하시고
앞으로 자식 낳으면서까지
행복한 모습만 보여드리는 아들이 되겠구려

승승장구하라

사람은 누구나 위기가 오고
위기를 이겨 내는 사람은
승승장구하는 길이 보인다

사람은 위기가 오기만 하여도
그 당사자는 포기와 좌절이 다가오고
그 당사자를 그 포기와 좌절이 않기 위해서는
그 옆에 누군가 지켜보고 사랑으로 감싸줘야 한다

사랑이 있으면 누군가를 위로해 주는 것
사랑이 있으면 누군가를 격려해 주는 것
사랑이 있으면 누군가를 걱정해 주는 것
누군가를 사랑한다고 해서 오해하면 안 되고
누군가를 사랑한다고 연애하는 것도 아니다

사람은 누구나 자신이 이루고 싶어 하는 꿈
꿈을 이루기 위하여 누군가 조언 얻고

꿈을 이루기 위하여 누군가 의지해야 하고
꿈을 이루기 위한 길 가다 보면 떨어지면
실망과 포기하는 경우가 많지만

한 사람이 당신에게 다가와서
포기하지 마! 당신은 할 수 있다
그런 말을 해 주며 손을 잡아주면서
그 꿈을 다시 새롭게 출발하여 이루고 난 후

그 사람 덕분에 그 사람의 응원 한마디
사랑이 담긴 메시지를 남겨 준 쪽지 한 장 덕분에
내가 이 길을 불행의 길이 아닌 행복의 길이 가게 되며
승승장구하며 남부럽지 않게 살게 해 주는 그 사람이
더라

여자가 나에겐 희망과 격려를 해 주는 자
나에게 내 여자가 되길 원하는 마음이 들고
남자가 그대에겐 위로와 조언을 해 주는 자
그대에겐 그 남자가 남편이 되길 원하는 마음이 들고
사랑이 담긴 마음으로 그 사람에게
포기하고 싶은 일이 있다면 포기 못 하게

좌절하고 싶을 때는 좌절 못하게
그 옆에서 지켜봐 주는 당신이 있기에
사랑하는 그 사람이 승승장구하며

하루가 행복함이 가득하고
승승장구하면서 나를 인간으로
사랑으로 담아서 만들어 준 그 사람 덕분이요

그 사람이 내 여자가 되든지
그 사람이 내 남자가 되던지
그 사람이 아니었으면 난 인간이 아니다
그 사람의 사랑이 담아서인지 행복하구나

행복이 담아서 그 사람이 덕분에
가끔 힘들 때 포기하고 좌절하고
그 사람이 내 옆에 있기에 좌절 못하고

더욱 두 주먹을 불끈 쥐면서 일어난다
더욱 이를 꽉 악물고 그 사람 위해서 나선다
승승장구는 하는 자는
반드시 누군가가 옆에 있기에

사랑이 진심으로 있기에

내가 승승장구하는 길이 있어서

나의 행복이 남에게도 행복함이 보이는구려

소문

사람은 살다 보면 무슨 소문이 난다
안 좋은 소문도 나고 좋은 소문도 난다

사람들은 살다 보면 소문 중에
안 좋은 소문을 들으면 스트레스받아
사회에 나가서도 힘들게 살아가는 사람도 있고

사람들은 살다 보면 소문 중에
좋은 소문을 들으면 하루가 행복하여서
남들에게 인심을 써 주는 사람이 되고

남자들은 소문 중에 제일 좋아하는 소문
연애한다는 소문이 너무나 좋아하고
여자들은 소문 중에 제일 좋아한다는 소문
애인이 그 여인한테 잘해준다고 부러워하는 소문

소문도 사람들이 그 사람에게 신경 써 주며

그 사람을 친구로 동료로 사랑함이 있기에

그런 소문도 내주면서 정이 들어서 행복함과 불행이
오는구나

누구의 애인이 봉사도 잘하고 당신은 그 애인과 만나
길 참 잘했다

그런 소문이 제일 듣기 좋은 말이라고 웃음꽃이 활짝
피었도다

누구의 애인은 베풀어주는 그 사람이 있어서

당신은 뭐든지 풀어지지 않는 일도 도와주니까

너무나 좋겠다고 부럽다는 소문이 나거든 행복하고 즐
겁도다

하지만 좋은 소문도 있거니와

안 좋은 소문도 있어도 사랑이 있다면

소문도 믿어주지 않고 그 사람이 당신을 믿게 될 것이며

그 소문이 아니라고 해서도 내가 사랑을 주지 않는
다면

그 사람도 당신을 믿지 못하고 그 소문이 진짜인지 착

각하고 말 것이더라

　내가 사람들은 사랑함을 가지며 좋은 일만 한다면 좋
은 소문이 나고
　내가 사람들을 무시하면서 나쁜 일만 한다면 안 좋은
소문이 나고
　내가 어떻게 하느냐 따라서 당신이 사랑하는 사람이
상처받고 행복도 주는 것이시구려

숨바꼭질

내 마음이 너무 불안합니다
왠지 그 사람 놓칠까 봐 두렵소

오늘 나는 그 사람 곁이 아니라도
저 멀리서라도 있고 싶어라
갑자기 어디론가 갈까 봐 두렵소

그 사람이 항상 나오던 종교
그 종교 안에서 나도 다니며
그 사람 옆에 있어서 그 사람 웃는 모습
그 사람 옆에 있어서 그 사람 행복한 모습
오히려 나도 웃고 싶고 행복한 느낌이 들되

몇 주 동안 그 사람이 내 눈에 보이지 않아서
숨바꼭질을 하는 것처럼 마음에 혼란이 오고
그 사람이 너무나 보고 싶어서 그리워서 미치겠구나
사람은 그 누군가 사랑을 하게 되면

그 사람 옆에 있고 싶어 하며
그 사람 눈에 보이지 않으면
무슨 일이 있을까 혹시라도
내가 무슨 일이 있어서 보지 못하여서인지
두리번 두리번 숨바꼭질을 한 것처럼
그 사람을 찾아보고 싶어서 돌아다닌다

나는요, 그 사람이 보이지 않아도

그 사람 내 마음속에 영원히 있기에
그 사람 놓지 않겠다고 확고하면서
보이지 않으면 머리카락 보인다 그런 속마음
그 사람 찾으러 나선다 스토킹처럼
하지만 그 사람을 그만큼 사랑하더라

숨바꼭질하면서 사랑을 원하지 않아요
그 사람 옆에 의지하며 기대며 살고 싶으시구려
그것이 진심으로 숨바꼭질은 사랑이 아니라 우정이고
사랑은 진심으로 이야기하면서 보내는 것이라

버스 안에서

눈 뜨며 오늘 며칠인지 달력 보고
눈 뜨며 오늘 몇 시인지 시계 봅니다

오늘 하루는 행복한 일만 가득 있을 것 같아요버스를
타고 즐거운 여행길이 시작하는 첫날이구나

내가 진심으로 사랑하는 자
그 사람과의 여행을 즐기기 위하여
가방 속에 필요할 것 다 담아놓고 메며
터미널로 가자 표를 사자 어서 버스 몸을 싣자

대한민국 수도 서울 가는 버스 타고
그 여인과 같이 자석을 나란히 앉으며
과자도 먹으며 서로 이야기하며
음료수 서로 챙겨주면서 서울로 간다

내가 사랑하는 그 사람과의 서울 데이트

어떤 곳에 우리 데이트를 맞이해줄까
그런 생각 하다 잠이 들어버린 그 사람과 나

버스 안에서 잠을 자면서
3시간을 달리는 동안 속으로는
계산을 하며 시간아 제발 빨리 가거라

버스 안에서 오랜 시간을 보내고 싶지 않으며
서울에서 놀이공원도 가고 같이 밥 먹고

그런 시간을 더 오기만 기다리는 사람이더라

사랑하는 사람하고 이 서울 길을 가기 위하여
고속버스 타고 표를 가지고 가면서
많이 그때 그 사람과의 추억을 생각이 납니다

버스 안에서 수다 떨며 저 밖에 보이던 창문 쳐다보고
휴게실 안에서 서로 배고픔에 못 이겨 먹을거리 사 먹고
창밖의 아름다운 나무들이 춤을 추는 듯
우리 여행길 축하해 주며 첫 여행 일정은 고속버스 안
에서 시작되었구나

도착하기 전까지는요
그 손 놓지 않고 싶어요

꿈에서나 너무나 좋은 꿈이며
다른 사람 아닌 내가 사랑하는 그 사람
자기야 호칭 부르는 커플로 다니는 꿈

지금은 나 홀로 이 버스 안에서
잠들고 혼자서 과자 먹고
혼자서 창밖을 보며 서울로 가지만

언젠가는 보고 싶어 하는 그 사람
손잡고 고속버스 타고 서울 가는 날 오겠구려

지하철 안에서

도시에 오랜만에 올라와서
도시의 길이 가물가물하며
몇 년 만에 온 도시의 길을 내가 아는 대로
가보아도 끝이 보이지 않고 헤매고 말았다

터미널 내리면 지하상가가 있고
지하상가 지나면 지하철이 다니고
지하철 타기 위해서 표를 사야 탄다

지하철 안에서는 모든 커플이
서로 안기면서 다치지 않게 해 주려고
지하철 안에서 서로 챙겨주는 모습 보이는구나

그 모습이 너무나 그립다
너무나 그 모습이 나에겐
나의 자신을 울게 만드는 꼴이 되었도다
모든 커플이 지하철 타고

자신의 데이트 장소로 가지만

나에게 그 사람과의 데이트 장소 갈 때

이 지하철 안에서 피곤하면 서로 어깨에 빌려주며

졸고 또 졸며 지하철 타고 역마다 지나갈 때

눈을 뜨다가 다시 감고 목적지 역이 오거니와

내 애인을 깨우고 나도 생겨 서로 데려다 주는 그런
사랑

지하철 안에서 전철이 들어오기 전에

서로 수다 떨며 자판기 음료수 뽑아 마시며

지하철 안에서 범죄가 잦아도 그 여인 옆에서

불안 불안하게 두리번 쳐다보며 그 사람 지킨다

지하철 안에는 그 사람이 상처받는 꼴 원하지 않기에

그 사람 옆에서 붙어서 성추행범 잡아야 하고

그 사람 옆에서 붙어서 절도범 잡기 위해서 마음이 놓
이지 않더라

몇 번 갈아타야 하는 것도 있지만

갈아타면서 계단 올라가면서도

서로 마주 보며 손을 잡고 수다 떨며
지하철 안에서 그 사람과의 사랑을
다시 불타는 것처럼 서로 간의 마음을 확인하는구나

사람은 지하철 안에서 대중교통이라서
심한 애정 표현을 못 하여도
범죄가 많은 대중교통 안에서 지키려는 자가
그 사람에게 진정 사랑하는 마음을 전달하는 것이며
사랑하는 사람이라고 심한 애정보다 걱정과 격려가 중
요하고

지하철 안에서 서로 간의 이야기 하며
재미있는 이야기 하며 손잡고
그냥 가만히 옆에만 있어주는 것도 사랑이요

지하철 안에서 사랑을 나누는 방법은
옆에 있으면 어깨를 빌려주는 것이며
사람이 다 찬 전철 안에서 범죄가 있는지

두리번 바라보며 그 사람을 안기며 아이 엄마가
아기를 잠을 재우는 듯이 내 여인한테 다가가거라

나의 애인은 아기에요, 하는 짓만 보아도

나는 아이 아빠처럼 그 여인의 애교에 빠져버리고

그 사람이 내 옆에 있는 자체가

지하철 안에서 나 홀로 타고 가면서

그 사람의 걱정되고 보고 싶고 그리워하고

별생각으로 하면서 집에 갈 때가 많은 쓸쓸한 하루

한 사람의 남자가 되어도 책임을 지는 남자

그런 남자로 그 여인에게 지하철 여행도 같이 하고

바쁜 있어도 다 치워도 그 여인만의 여행은 꼭 즐기시

구려

광화문 시원한 분수대

광화문 가기 위하여 지하철 타고
광화문 들어서면 광장이 보이며
여기저기 아이들의 웃음소리가 들려오고
여기저기 커플들의 수다 떠는 소리가 들려오며

다른 곳으로 가면 너무나 날씨가 덥고
광화문 한가운데에 분수대가 물이 나오니
그 옆에 앉아서 저 분수대를 쳐다보면 너무나 시원하
구나

부모들은 분수대에서 아이들을 노는 모습 보며
노심초사하며 미끄러져 아이들이 다칠까 봐 걱정하시고
남자들은 안절부절못하고 물 젖은 옷 입고 다니는 애인

노출이 되어서 범죄 당할까 봐 걱정하며
그 애인 옆에 붙어서 떨어지지 않으려고 노력하고
나 한 사람과 데이트한다고 광화문에 와서

애인이 정신적 상처를 받을까 봐 두렵도다

사람은 사랑받고 있다는 걸
남자는 여자에게 사랑받고 있고
여자는 남자에게 사랑받고 있다
그 장소가 어디든지 달라도 사랑을 확인하는 곳이기에
서로가 걱정해 주며 서로가 생겨주며 보내는 것이더라

부모들은 아이들과 분수대에서 노는 모습
기념사진으로 한 장 찍고 동영상 촬영하고

커플들도 서로 물장구치며 같이 기념사진 찍고
커플들도 서로 분수대에서 같이 물을 맞으며
서로의 마음을 확인하려고 시간을 가는 줄 모르게..

한 사람을 사랑하는 자는 집 안에서
부모님께 잘 보이려고 집 안에만 있으면 뭐 할꼬
단둘만의 시간도 필요하니 세상 밖으로 나가라

여름에는 집 안에는 같이 있고 싶어도
집에서는 너무나 더워서 떨어지게 되나니

차라리 광화문 분수대에 가서 물 맞으며
단둘만의 시간을 가지며
단둘만의 외식도 하며
커플들은 손잡고 광화문 광장
한 바퀴 구경거리 하면서 돌아다닌다

나이 먹고 40년이 지난 우리 부부에게
추억 담긴 광화문도 다시 오게 되어도
40년 지난 광화문도 변화가 오겠지
그런 생각 하며 아이들과 같이 오는 날도

40년 전 이순신 동상 앞에서 기념사진 찍었는데
40년 전 세종대왕 동상 기념사진 찍으며
즐거운 시간을 보냈던 그 사람과의 연애 시절

여름에는 나에게도 그 사람과 데이트 할 날 올까
애인이 생기면 가장 먼저 데이트 장소는 광화문이 될
것이다

다른 커플들을 보며 나 홀로 온 광화문 앞에서 날 울
게 만들었구려

경복궁의 구경거리

경복궁은 과연 어떤 곳인가?
옛날 조선 시대에 살던 임금이 살던 곳
커플들은 이곳에서 와서 몰랐던 내용도 배우고
그런 시간을 갖는 곳이 경복궁이구나

경복궁 안에는 지금은 비었도다
아무것도 아닌 집이라고 생각하여도
유래가 있고 설명도 있사오니 보고
옛날 역사를 한 발씩 알아가는 시간 여행

경복궁의 구경거리는 많다
옛날 사람들이 입었던 옷도 보고
옛날 주로 치고 다녔던 악기들을 가지며
지금은 행진하며 그 악기들을 알려주는 모습도 보고
그런 경복궁 안에서 그 사람과 데이트하며 좋은 시간
을 보낸다
우리나라의 사람은 연애할 땐 사랑만 알지

우리나라와 사람은 역사를 알려고 하지 않으니
그 넓은 경복궁 안에서 단둘만의 기념사진 찍기만 하고
이 경복궁 안이 무엇하는 곳인지 알려고 하지 않는
요즘의 세태이지만

연인들이 손잡으면서 행진하는 모습 앞에서
관람하면서까지 기념사진 찍으며 기록을 하고 싶어라

이제는 커플들이 이곳에 와서 역사를
조금씩 알아가며 데이트하는 것이 아주 좋더라

그 사람과의 연애 시절이라도
그 사람이 나의 짝이 맞는다면요
그 사람 한 부부 살다 보면요
2세한테 이 경복궁이 뭐 하는 곳이라고 물어보면
부끄러운 부모가 되고 대비하여 알아가는 것도 좋은
일이다

진심으로 사랑을 확인하고 싶어 하여
서울 데이트한다 할지라도 경복궁 안에서 표를 구매하여
기꺼이 안에서 확실히 역사도 배우며 나의 인생 관련

하여 공부를 하는 것도 그 사람에 대한 사랑하는 것이
시구려

남산타워 올라가기 전

남산타워 올라가기 위해
승강기 타러 갔더니 사람들이 많다

승강기 타려고 20분 동안 기다리지만
너무나 타워 정상에 올라가고 싶어라
내 앞에 있는 사람들 연인들이며
내 뒤에 있는 사람들은 가족이나 연인들이고
그 가운데 쓸쓸히 혼자 서 있는 나

승강기 타고 올라가면서 케이블카 타려고 뛰어갔지만
저 줄이 너무나 많아서 기다리는 데만 답답하기만
하고
무려 1시간 10분 동안 긴 기다림에 지치고 외롭고
그 줄에도 너무나 1시간 10분이 얼른 가거라
내 앞에는 연인들이며 내 뒤에는 가족이나 연인들이
니까
그 가운데에서 쓸쓸히 나 혼자 서 있고

케이블카 타려면 한 참 멀었고
너무나 외롭다 오히려 그 사람이 보고 싶다
너무나 그 사람과 여기 왔으면 난 든든할 텐데
지금은 나 혼자 타워 올라가겠다고 마음고생만 하고

남 탓을 하면 뭐 할꼬, 내가 능력이 없어서
한 여자에게 당당하게 고백하지 못하는 나
남을 원망하면 뭐 할꼬, 나의 매력을 발산하지 못하여
나를 남자도 보지 않는 그 사람인데

30인 명 타는 케이블카 안에서는 바람이 불며 흔들리면
괜찮아 서로 챙겨주는 멋진 남자들의 목소리가 들리면
오히려 나 자신에게 화를 내고 오히려 뛰어내리고 싶
어라

올라가는 동안 너무나 민망할 때도 있고
서로 껴안으면서 수다 떠는 사람도 있고
남들이 눈치 안 보일 때 기습키스 하는 경우도 있
구나.

내려갈 때도 내 앞에는 연인들이 있고

내려갈 때도 내 뒤에는 연인들이 있다네
가다가 음식점이 보이는데 잠시 보았는데
연인들이 맛있는 음식을 먹고
차를 마시며 웃는 모습을 보니
나에게 그 사람과 데이트할 때
이 사람들처럼 다정하게 맞이할 수 있겠는가?

케이블카 타면서 올라갈 때 부러움이요
케이블카 타면서 내려갈 때 지역에 가면요
반드시 내 마음속에 항상 남아 있는 그 사람

그 사람이 꼭 내 여자가 되길 기원합니다
케이블카 안에서 그 사람이 자꾸 생각이 나고
그 사람이 오히려 포기 못 하는 그 사람에 대한 사랑
이구려

광화문에서 열린 즐거운 콘서트

지방에서 서울로 놀러 갔을 때
평일은 안되고 주말이어야 서울에 간다
나 홀로 광화문 갈려던 마음이 쓸쓸하도다

내 여자 같이 갈려고 하여도
아직은 내 여자가 아니라
나 혼자 짝사랑하는 사람이구나

그래서인지 광화문으로 혼자 놀러 갈 때
광화문 광장에서 콘서트 무대를 설치하는 동안
그 콘서트를 그 사람과 같이 이 자리에 왔으면
저녁까지 그 콘서트 즐겁게 구경하고 갔었을 텐데

아침인데 불구하고 그 사람만이 내 옆에 있다면
기꺼이 그 자리에 글도 쓰고 볼 구경이 있는 자리이어서
경복궁도 보고 청계천도 가고 청와대 관람하고
그러다 보면 시간이 가지만 그 사람이 있었다면 말

이여
　　콘서트 볼 때 가수들이 노래 부르고
　　재미있게 힐링도 하고 그런 주말이 되고 싶었지만
　　지금은 나 혼자 이 광화문에 왔더라

　　주말에는 광화문의 행사가 열리며
　　재미있는 행사를 즐기며
　　재미있는 콘서트를 즐기며
　　그런 주말을 서울에서 화려한 도시인데

　　지금은 나 혼자 오니까 너무나 울상이기만 하고

　　이제는 주말마다 그 사람과 데이트를
　　광화문에서 즐기면서 서로 사랑을 확인할 수 있는 공
간이며
　　이곳에서 분수대가 나와서 시원한 밤을 만끽하게 해
줄 것이며
　　요즘 광화문에 다니면 그런 생각이 많이 들어요

　　나 혼자 광화문 광장에서 행사를 볼 때도 있지만
　　나 혼자 저녁에 광화문에서 콘서트를 즐길 때도 있지만

그 옆에 먹을거리가 있는데 혼자 먹으니까 서울 떠나
고 싶어라

애인이 있다면 손잡고
그 거리 수다 떨며 주변에 돌아다니며
보고 저녁에는 즐기며 콘서트를 보고 왔을 텐데

광화문 갈 때 서울 올라갈 때
항상 내 마음속에 그 사람이
자꾸 보고 싶고 그 사람이 생각나는구려

흐르는 물 담그며

날씨 더워서 길 가다가
하천이 흐르는 물이 보이며
하천 이름이 서울의 상징인 청계천
밑으로 흐르는 물이 보인다
그 물 담그려 청계천에 내려갔다

슬리퍼 신고 오는 사람들
집이 가까워서인지 양말도
슬리퍼 신고 반바지 입고
청계천에 발 담그려 시원함을 느낀다

그 옆에 보면 너무나 민망해서
앞에만 보고 아니면 물속을 쳐다보며
그 옆에 보니 연인들이 껴안으며
서로 간의 사랑을 느끼며 서로 발을 담그며
서로 어깨 기대며 연인의 과거 생각 하는 듯이
그런 시간을 보내고 있고 수다 떨며 시간을 보내는 연인

밤에는 청계천에서는 솔로인 사람들은
절대로 청계천 가지 못하고 돌아서 가더라

밤에는 청계천에서는 연인들의
애정표현이 심각하게 표현하면서
연인들만의 시간이 되어버리기에
좋은 시간을 보내지만 나는요, 그렇지 못하기에

청계천에 밤에 있지 못하고
숙소에 들어와서 그 그림이 떠올라
잠이 오지 못하고 날을 새고 말았더라

몇 년이 지난 후 나에게도 그 사람과의 사랑
고백하며 그 사람과의 내 여자로 맞이하여
그 사람과의 서울시 놀러 간다면 청계천 가고 싶어라
그 사람과 서울시 청계천에 발 담그며 수다 떨며
나도 힘든 일 생각하며 그 사람에 어깨 기대고 싶고

사랑을 표현하는 곳 여름이면
그것이 사랑의 로맨틱한 장소가 되어버린 곳
밤에는 나도 그 사람과 스킨십 하며 사랑을 더욱 확고

가 생기며
　나에겐 그 사람에 대한 사랑이 이날 흐르는 물처럼
　그냥 흘러가며 부러움만 안기며 돌아가게 되구나

　다음엔 청계천 올 때는요
　내가 사랑하는 그 사람과의 밤엔 야릇한 이곳
　시간이 가는 줄 모르게 그 사람과의 시간을 보내고
싶으며
　그 사람과 팔짱 끼며 웃으며 청계천을 살며시 걸어가
고 싶구려

가로수길 걸으며

끝이 보이지 않는 길
너무나 큰 나무가 서 있어서
날씨가 더운 이 여름에는
그 가로수길로 가거든 시원한 바람이 분다

이 길을 나 홀로 걸으며
주변을 바라보면 나의 표정은
굳게 굳어지면서 울상 지었으며
그 가로수길을 얼른 벗어나 가고 싶어라

가로수길 걸으며 주변 사람들은
온통 손잡고 연인들이 핫도그 먹으며
팔짱 끼며 수다 떨며 걸어가는 연인

솔로 남자들이 이 길을 걸으며
예쁜 여자를 보면 꼬시려고
너무나 멋쟁이처럼 해 온 사람

솔로 여자들이 이 길을 걸으며
멋쟁이 남자를 꼬리 치려고
예쁜 옷을 입고 공주님처럼 보이려고 한다

가로수길 걸으며 나의 옷차림
거지꼴같이 해온 옷을 입고 다니니
나를 보며 손가락질하는 사람도 있거니와
나를 보고 무시하는 듯이 쳐다보고 가는 사람도 있더라

연인들이 이 가로수길을 걸으며
더울 때는 아이스크림을 사 가지며
서로 아이스크림을 먹여주며 장난도 치며
그런 모습이 나에겐 너무나 부러움 타게 하였고

다른 여자들이 혹시라도 나를 꼬리 치려고 해도
기꺼이 그 여자들한테 거절할 것이니
왜 나에겐 영원히 그 사람만이 내 사랑이기 때문이
로라

지금은 나 홀로 바보이며 멍청인 사람이 되었고
다음에는 그 사람과 손잡고

이 가로수길을 걸으며
남들과 똑같은 연애를 하고 싶어라

이 신사동 있는 가로수길로 가며
그 사람과 영원히 잊을 수 없는 추억이 될 것이며
그 사람을 포기할 수 없는 내 마음속에 그 사람이 있
는구려

아름다운 서울 남산타워

저 멀리서 보이는 남산타워
남산타워 낮에 올라가도 아름다워라
남산타워 밤에도 올라가도 아름답다
무조건 아름답게 보이지만 2% 부족한 느낌이 들며
알고 보니 그 사람이 없는 빈자리가 부족하였도다

나 혼자서 이 남산타워 올라오니
올라가는 자체가 힘들고 귀찮고
전망대 안에서는 온통 연인들이 가득하고
2층에는 연인들의 소망이 쓰여 있는 종이 보며
그 사람들의 사랑을 비유하여 나 자신에게 화가 나고
지금은 그 사람을 짝사랑하는 내가 이 타워 한 번 올
수 있을까?

남산타워 전망대 올라가기 전
다음에는 내가 진정 사랑하는 자와
같이 손잡고 올라오고 싶다 그런 생각

남산타워 안에서는 이런저런 포즈 잡고 찍으면
전망대에 보면요, 기념사진의 옆에 남산타워가 있더라
그 남산타워 옆에 나 혼자 있더니 기분이 묘하고

몇 년이 지나서든지 며칠이 지나서든지
나에게는 그 사람과 한 번이라도
같이 이 남산타워 같이 올라와서
같이 찍고 아름다운 서울 모습을 보고 싶어라

오늘은 나 홀로 낮에 본 서울 아름답지만
내가 나를 밉다 내가 나를 싫다 그런 생각만
오늘은 나 홀로 밤에 본 서울 화려하지만
내가 나를 남자가 아니다 그런 생각 하며

전망대를 씁쓸하게 옆에 연인들의 소리 들으며
부러움을 안고 타워에서 내려오는 길
다음에는 내 마음속에 항상 남아 있는 그 사람
같이 손잡고 케이블카 타며 이 남산타워 올라오는 날
이 있겠지

나도 그 사람이 나의 여자가 된다면 행복한 남산타워
구경하는 날 오겠구려

남산의 기념품을 사가야지

타워 안에는 기념품이 많이 있다
타워 안에는 연인들이 기념품을 보며
서로 필요한 기념품을 사주며 사랑을 확인한다

휴대전화 줄 기념품을 똑같은 거로 사는 연인
컵도 똑같은 거로 같이 사서 가는 연인
커플티를 사 가지고 좋아하는 연인

그런 모습을 보니 오히려 나에겐
사고 싶어서 기념품이 나에겐 맞는 것이 없다네

그 기념품을 보면서 나 혼자서 멍하니 서 있으며
내 머릿속에 그 사람의 선물을 사야지 그런 생각만 들고
돌아다니며 기념품을 보니 그 사람에게 다 어울리는
기념품만 있더라
돈을 잘 꺼내지 않았던 나이지만
오늘은 타워에 왔으니 기꺼이

그 사람의 기념품을 사서 가세

그 사람의 선물을 신중히 생각하다
휴대전화 줄 색깔 6가지 종류를 골라 사고
가방에 잘 모셔놓고 전망대 올라가려고 기다리고
기다리다 지쳐서 배는 고프고 하여 주변 사람들은
팝콘을 서로 나누어 먹으며 콜라도 나누어 먹으며
기다리지만 나 혼자인 경우는 팝콘과 콜라를 외롭게
먹는다

기다리면 내 속으로 생각하는 말
다음에는 내가 지금도 잊지 못하는 그 사람
나의 여자가 된다면 기꺼이 여기도 한 번 더 올 것이며
나의 여자가 된 그 사람의 소망을 여기서 빌 것이니라

휴대전화 줄을 6가지 사서 가면
5가지 색깔을 남는 휴대전화 줄은
내 직장 동료 주고 내 선후배들 주면 되겠지

휴대전화 줄 기념품을 사고 난 후에는
내 가슴이 너무나 뛰고 설레기만 하는구려

젊음이 넘치는 거리

야경이 밝고 아름다운 거리
밤 11시가 되어도 집에 갈 생각 없는 사람
연인들이 손잡고 데이트하며 걸어 다니며
그중에 나 혼자 젊음이 넘치는 거리를 다닌다

홍대 앞의 거리는 너무나 젊음이 넘치며
그중에서 솔로 가는 사람보다는 연인들이
서로 팔짱 끼며 사랑을 나누며 다니는 거리이자
미인들이 많은 홍대 여대생이 많이 다니고
혼자 가는 남자들이 꽃무늬를 쫓아갈 정도 넘치는구나

홍대 앞에 있는 편의점도 들어서면
홍대 대학생들과 연인들이 너무나 많이 다녀
들어갈 수가 없고 이 거리는 노인 양반들은 보이지 않고
오직 젊은 대학생들과 젊은 연인들만의 시간을 보낸다

포장마차가 있어도 가득 서서 핫도그와 어묵을 사서
연인들이 서로 먹여주며 홍대 앞의 로맨스가 가득히
수다 떨며 서로 사랑을 싹을 키우게 되더라

이런 곳에서 홍대 다니지 아닌 젊은이들도
이곳에서 연애하고 이곳에서 놀고
이곳에서 숙박업을 잡고 잠을 자고
그런 시간을 가지며 미팅도 하고 좋은 시간만 보내고

내 마음속에는 항상 그 사람일 뿐
그래서인지 미팅 자리가 간다 할지라도
절대로 가지 않고요 미인들 봐도 아무런 느낌도 없도다

하지만 나도 젊은이이며 이곳에서
애인과 손잡고 데이트하며
한밤중에 밤 11시가 되든 새벽이 되든
나의 애인과의 단둘만의 시간을 이 홍대에서 보내고
싶어라

지금은 나 혼자이며 단지 짝사랑하는 내가
하지만 그 사람을 놓치기 싫은 나 자신이지만

자신이 없다 이 홍대 같이 가자고 하여도
멋진 남자들이 많아서 날 버리고
그 남자들에게 연인이 되어 데이트할까 봐

그런 여자를 책임을 질 수 알아야 하지만
그렇지 못한 내가 감히 그 여인을 연모할 자격이 있
던가?

하지만 나도 젊은이이며 나도 그 사람과
손잡고 호칭 부르며 홍대 앞의 거리를
야경이 화려한 곳이니 데이트를 하고 싶고

홍대 젊음의 거리에서 핫도그 먹고 어묵 먹고
그 사람과 좋은 시간을 한 번이라도 보내고 싶으시
구려

단둘만의 식사

여행길 가면서 나 혼자라도
너무나 벅차며 힘들다

잠은 숙박 집을 얻으며 돈을 몇만 원 내고
아침에는 숙박 집에서 밥을 주지 않으니
아침에 나와서 식당을 찾으려고 문 여는 데가 없다

아침 7시인데 어느 식당에 문을 일찍 열고
손님을 맞이하는 식당은 아무리 찾아봐도 없다
여행하러 즐길 사람의 불편한 이유가 되는 것이구나

연인들과 여행을 간다면 골칫거리가
아마 아침에 식사를 어디서 먹어야 하는지
고민에 빠지지만 그 여자 앞에서 열심히 찾아야지
그런 생각을 하며 헤매고 있지만 그 자체가
그 여자와 남자 서로 힘들게 느껴지는 것이더라
하지만 그것도 여행의 배우는 과정이기에

그 여자는 이해하고 간단한 것으로 먹자고 말하지만
그 말 들은 이 여행 가자고 말하던 남자친구는 비참해
지며
그 여자한테 미안해지기만 하고

한 이불을 모텔에서 덮지 않고 각 방을 따로 사용하고
숙박업소를 들어가고 그런 여행을 하면서
아침에는 간단한 설렁탕 하는 문이 열리는 데 있거니와

남자는 먼저 가서 확인하고
다시 사랑하는 사람에게 와서
의견을 들으려고 물어보게 되면
그냥 음식점에서 먹자며 이해해 주는
그 여인이 어찌 내가 버릴 수 있단 말인가?

내가 사랑하는 사람과 손잡고
이른 아침에 걸어 다니며 식당 찾아보고
지하철도 계속 같이 타며 하지만 신나는 여행

아침에 아침다운 데이트 하여서 다양한 느낌이 들었구려

드라이브하며 즐기자

자동차를 한마음으로
그 여인과 나의 하나이기에
신나게 달리자 드라이브 즐기자

자동차를 큰마음으로 큰돈 주며
그 사람을 생각하며 장만하며
그 사람만을 태우고 다니는 대중교통이 되니라

자동차 1대 좋은 차를 끌고 다니며
그 사람과의 단둘만의 드라이브를 즐기고 싶어라

그 사람을 즐기며 드라이브하며
이 지역부터 시작하여 팔도 구경하러 가세
먹을거리도 먹고 볼거리 실컷 보며 시간을 보내자

그 여자는 나의 조수석 자리이요
그 자리는 여왕님만이 앉을 수 있는 자리이요
나는 당신을 사랑하는 마음 표현 하고자

이 자동차 1대로 보여드리는구나

고속도로 가던 길 중에는 휴게실에 들려서
주변의 볼거리 보며 잠시 쉬는 시간 가지며
주변의 먹을거리 값이 비싸도 그냥 사 먹으며
그 사람만 보며 그 사람과만 시간을 보내고 싶어라

이날이 또 언제 올까 그날이 언제 또 오는 날이 올 것
인가?

서울 가면서 드라이브하면서 좋은 시간만이 있지만
잠시 옆모습만 바라보기만 할 뿐이더라

드라이브하다 보면서 그 사람 자는 모습 보고
양쪽 창문을 열어보며 양쪽으로 환하게 밝게 맞이하
는 꽃
꽃들을 보며 그 여인은 즐거워하며 기분이 좋아지는
구나

당신을 통하여 나의 당신에 대한 사랑
그 사랑 지키기 위하여 뭐든지 할 것이며
내 마음과 내 가슴 속에 생기는 것이시구려

제4부

너야

나의 마음은 항상 당신만이
내 가슴 속에 당신 이름 석 자 새겼다
항상 걱정하게 만든 사람은 바로 당신입니다

안 보면 보고 싶어 하는 사람이 당신이고
보면 헤어지기 싫어하는 사람이 당신이며
나의 부모님이 먼저가 아닌 당신이 먼저이더라

비가 올 때는 비 맞고 올까 봐
항상 조마조마 불안해지며
비가 올 때는 나는 친구 데리러 가는 것이 아니라
지금 내가 사랑하는 당신을 모시러 갑니다

저 멀리 서 있는 당신을 보며
왜 이리 멀리 있음에도 불구하고 설렐까
나는 당신뿐 밖에 없구나

당신을 볼 때마다 착각하며
당신은 내 여자라고 생각하기도 하며
왜 이리 당신이 지나가면 주변 사람에게는
당신 이야기만 하게 되고 극찬하게 되든지
나 자신도 내가 몰라요, 당신이 내 여자가 되었으면

내 마음속에 맺혀 있는 사람 바로 당신이요
내 가슴 속에 다른 사람이 아닌 당신이 있고요
아름다운 미소로 나를 사로잡아주신 분 바로 당신이며

나한테 말고 다른 사람에 인정받고 사는 분 당신이니

어찌 내가 당신을 연모 안 할 수가 있겠는가?
당신이 내 옆에 말없이 서 있어도
말 걸으면서 나에게 신경 써 준다고 하여도
나의 이상형은 당신이자 내 여자는 당신이 되길 원하
는구려

거슬리는 사람

그 사람을 보이지 않는다
일주일 동안 사회생활 하며
직장 안에서도 그 사람만 그리워하며
직장 안에서 일을 제대로 하지 못해
상사에게 혼을 많이 나는 경우가 많이 나며
그만큼 그 사람을 생각하다 보니 일주일이 보내기가
힘들다

내 마음이 힘들며 그 사람이 그리워하며
이번 주에는 그 사람을 다시 볼 수 있을까?
꼭 만나기를 기대하며 어떻게 버티고 살아온다

그 사람은 나에겐 진심으로 거슬리는 사람이며
그 사람에 잘못될까 봐 너무나 두렵도다
그 사람이 다쳐서 병원 신세 되어서
아무것도 아닌 것으로도 신경 쓰는 바람에
내 정신이 이상해졌구나

주말이 되면 항상 나가면 보이던 그 사람이

오늘도 보이지 않으니 내 마음이 조마조마하며

월요일 평일이 시작하는데 불구하고 좋은 마음으로

출발하지 못하고 그 사람이 보고 싶어서 거슬리며 지

내며

아파하는 모습 보이면 더욱 거슬리며

병원 가보았을까 어디가 아파서 고생하는가

별생각에 머릿속이 너무나 복잡하게 돌아가게 되며

나의 일이 우선이 아니라

지금 비록 짝사랑하는 그 여인이지만

그 여인이 행복한 모습을 보면 나도 행복하기에

그런 여인의 모습이 그리워서 걱정의 태산이 쌓게 되

더라

집 안에 일이 있어서 그곳에 오지 못하면

집 안에 무슨 일이 있기에 보이지 않을까

그런 그 사람의 집안일까지 걱정하는 나

어찌하면 하나요? 저는요 그 사람을 잊지 못하고

그 사람이 누군가를 연애한다 할지라도

그 사람 통하여 상처받지 원하지 않아요
그 사람이 누군가와 연애하여도
난 그 사람이 내 가슴에 남아있는 사람이기에
그 사람은 나에겐 거슬리는 사람이며
그 사람이 행복한 모습을 보면 나도 행복해지며
그 사람이 웃으면 나도 같이 웃고 싶어라

나의 꿈을 가지게 해 준 사람 바로 당신이고
나의 희망을 심어준 그 사람 바로 당신이오니
그래서인지 그 누군가 연애 하여도 그 사람을
절대로 포기 못 하는 사람이며 거슬리며 내 일을 못
하고
하지만 후회하지 않아요, 그 사람만의 행복을 위해서
라면

불행보다 행복하기를 바라는 사람 바로 나이기에
그 사람의 보디가드로 말없이 지켜주고 싶으시구려

코딱지만 한 곳이라도

그 사람이 언제나 내 옆에만 있어 준다면
이 큰 지역이라도 기꺼이 다닐 것이며
그 사람이 언제나 내 옆에만 있어 준다면
이 코딱지만 한 지역이라도 데이트하러 다닐 것이며

그 사람이 언제나 내 옆에만 있어 준다면
저 뱃길 타고 섬에 가서 살자고 하여도 살고
그 사람이 언제나 내 옆에만 있어 준다면
저 아무도 없는 무인도에서 살자고 하여도 살고

코딱지만 한 곳에 가면 한 사람만이 있을 수 있는 곳
이지만
그래도 기꺼이 참고 그 사람과 같이 코딱지만 한 곳에
놀러가겠소

나 혼자 있는 것 죽기보다 싫고 외로워서 싫어요
나 혼자 있는 것 쓸쓸하여서 싫고 비참해서 싫어요

가끔 놀러 오는 관광객들 보며 부러움 안고 살고 싶지
않더라

구경거리가 있으면 뭐하냐 이 코딱지만 한 곳이라도
나 혼자 다니거늘 그 사람 보고 싶어서 다니지 못하고
코딱지만 한 이 지역에서는 사람이 많아도 난 오히려
상관없지만
나 혼자 있을 경우에는 질투심이 가득하여 이곳 싫고
얼른 가거라 그런 생각만 가득 머릿속에 맴돌고 말 것
이여

다만 나와 내가 지금까지 연모하는 그 사람만
이 코딱지만 한 곳에 와서 웃으면서 살고 싶어라

구경거리가 좁은 곳에 많이 없지만
그래도 그 사람과 손잡고 구경하며
장도 보고 오히려 그 사람만이 있으면 되는구나

나의 사랑은 다른 사람이 아니라
나의 사랑이 내 옆에 영원히 있어 주는 것이며
나 홀로 이 지역에 있는 건 어찌 살아야 한단 말인가?

비참해서 어떻게 살아야 하는가?

그 사람이 내 옆에서 내가 힘들 때

옆에만 있어 줘서 코딱지만 한 곳에서 살 수 있을 것
같으시구려

6.14 달콤한 날

아름다운 여인과 흔히 애정 표현
길거리 걸으며 가끔 보이지만
그 근처를 눈치채면 피하며 가고

나는 좋아하는 사람은 있지만
연애하는 사람은 없어서인지
그 연인들이 부러움만 많이 생기며
남들의 연인이라도 너무나 질투가 생긴다

나에게는 지금 내 마음속에 항상 새겨져 있는 사람
바로 그 사람이 나에겐 소중한 사람이며
그 사람은 놓치기 싫은 사람이여 그 사람은 내 아내
될 사람

그 사람과의 첫 데이트를 첫 만남이니라
그날은 6월 14일 밤의 거리가 화려하게 보이며
그 사람과 길거리 걸으며 팔짱 끼며 시간이 가는 줄

모르고

　그 사람이 얼마나 좋은지 옆에만 있어 줘도 아주 좋아라

　기억에서 제일 지우기 싫다, 6월 14일 첫 데이트이자
첫 키스
　6월 14일 날에 내가 사랑하는 여인과 첫 데이트 하며
　눈치 보며 남들이 있는 없는지 보며 로맨틱하게
　도전 한번 해 보는 남들이 하던 행동으로 첫 키스 시
도하며

　우리 사랑을 확실히 지키자는 마음을
　나의 첫 키스로 표현하며 그 맛은 달콤하였더라

　진심으로 사랑하기에 그 입맞춤이 짜지도 않고
　진심으로 연모하기에 그 입맞춤이 싱겁지 않았고
　진심으로 사모하였기에 그 입맞춤이 달콤한 하루를
보냈다

　나이 먹고도 잊지 못하는 날
　그 사람과 한이불 덮고 사는 부부가 되어도
　그 여인과 한 아이의 부모가 되어도

아이가 20대 청년이 되어서 우리에게 첫 키스 언제이
냐 물어봐도

그때만 생각하면 하여도 그리워하며
나이가 들어도 그때만으로 다시 돌아가길 원할 것
이여
사랑은 확인하고자 아닌 사랑을 한다는 뜻으로 표현
여자는 못 이긴 척이며 달콤한 키스를 맞이하며
남자는 그 사람을 사랑하는 마음을 표현하여 키스
하며
잠시 눈 감고 그 사람과의 첫 키스 하며 달콤한 하루
를 보낸다

그 사람에 대한 나의 사랑을 키스로 답변해 주며
그날부터는 그 사람을 신경 써 주며 좋은 일만 있
게끔
내가 헌신적으로 다하는 6월 14일 달콤한 키스로 내
여자로 맞이하였구려

복권 사러 가는 날

열심히 사는 것으로
그 사람에게 멋있게 보이려고
노력과 피땀을 흘렸도다

가끔 길거리 지나가면
복권방이 내 눈에 익혀 들어오며
처음에는 오천 원씩 복권을 사고
그런 재미로 살았도다

한 참 지난 후에는 내가 왜
이 복권에 빠졌던 것인가?
아마 그 사람에게 당당한 남자가 되고 싶어라
난 남자가 아니라 돈으로 여자를 살려고 하는 것인가?

하지만 그 사람을 진심으로 사랑하고
내 마음속에 항상 당신만이 가득히 들어있으며
그 사람이 내 여자라길 상상하면서까지

너무나 그 사람에 대한 사랑 하나 때문에 힘들었도다

그 복권을 사서 1등 된다면
그 사람에게 사귀자가 아니라
말없이 반절 금액을 이름도 없이
그 사람의 통장에 투자하고 싶구나

복권 사러 가는 날마다
그런 마음으로 복권 사러 가고

1등을 될지라도 그 약속을 깨지 않을 것이며
반드시 그 사람의 행복을 지키고 싶더라

서울 가서 놀다가도 나중에 복권 사고
다른 지역 가서도 놀다 가다 복권 사고
고향에서 지내다 보면서 복권 사고
일과를 복권을 사고 난 후 마무리

진정 진짜로 1등 한다면 다른 사람들은 비밀로 하고
다만 그 사람에게 비밀로 하되 그 사람의 통장에 송금
하고
그 사람에게 그 돈 받고 행복한 모습을 보고 싶으시구려

여인

밖에는 비가 주룩 내리며
밖에는 온통 흙바닥이며
다니기만 하여도 옷은 버리고
그런 곳인데 불구하고 한 여인이
비를 다 맞으며 그 여인이 내가 사랑하는 사람

창문에서 지켜보는 내가 걱정거리 생기며
비가 오는데 우산을 받고 다니지 무슨 일 있는가?

그런 생각을 하지만 나서지 못하고
그 사람은 내가 그 여인을 연모한다는 게
그 사람이 모르기에 섬뜩 나서지 못한다

비는 갈수록 바가지 퍼붓듯이 쏟아내리며
앞에 안보일정도 그래도 무슨 고민이 있을까?

그 사람을 사랑하는 나는요

그 모습 정말 보고 싶지 않아요
그 사람이 아파하는 모습
그런 모습 원하지 않아요

빗속에서 무슨 생각하는지 궁금하여도
지금 우선이 그것이 중요 하는 것이 아니라
그 사람의 건강이 걱정되는구나

나는 남자가 아니라 사람도 아닙니다

한 여자를 사랑할 자격도 없는 사람입니다
그 사람을 진정 사랑한다면 당당하게 나서야 하지만
그렇지만 그 사람 앞에서 왠지 거절당할까 봐
나만의 자존심만 생기는 비겁한 남자 바로 나

하지만 저 빗속에서 서 있으면서
비를 다 맞으며 무슨 생각 하며
후회를 하고 있는지 다 젖으며 울고 있는 여인

나도 비 맞으며 빨리 가는 것이 아니라
 천천히 그 사람 뒤에 서서 살며시 안아주고 싶으시
구려

골목길

들어가면 갈수록 앞이 보이지 않는 길
들어가면 갈수록 연인들이 애정행각 하는 길
들어가면 갈수록 양아치들이 술 담배 하는 길
그런 길을 나 혼자 다니려고 하니 무섭고 부럽고 두렵다

그 골목길을 나 홀로 갈려고 하든
발걸음이 떨어지지 않으사 그 길 보면
큰길을 돌아가고 싶은 마음이 가득하고

의지하고 싶은 사람이 없어서
그 골목길 갈 때쯤은 의지하고 싶은 사람
내 머릿속에 맴돌며 그 사람이 너무나 그리워하며
내 머릿속에 맴돌고 그 사람이 보고 싶어라

내가 사랑하는 사람이 나한테 관심이 없어도
나는 그 사람을 항상 걱정되며
그 사람을 나 혼자 사랑하기에

두려움과 걱정이 가득하면서 그 사람을 보았고

골목길을 지나야 이 집이 나오고
골목길을 지나야 이 학교로 나온다
그런데 골목길이 걸어가려고 너무나 외롭다

그 사람이 내 옆에 있으면
나는 그 사람에게 의지하며
그 사람은 나에게 의지하고

이 골목길 밤에도 무섭지 않고 가더라

내가 지금 내 마음속에
내가 나의 가슴 속에
항상 그 사람만이 가득 차 있고
그 사람의 이름 석 자 새겨져 있으며
나의 마음이 변하지 않고 그 사람이
골목길 혼자 다녀야 하는 모습 보기 싫어요

밤에는 아무도 없는 그 길
그 여자가 혼자 가게 되지만

나는 그 사람을 옆에 있고 싶어서
걱정할 때에도 골목길 들어가서
그 여인 손만 잡아주면 힘내고 좋을 텐데

나는 그 사람을 연모하는 것을
말로 하는 남자다 아니 남자가 아니다

그 여인에게 데려다줄게
그 말을 하고 싶어서도 거절을 당하여도 낮에 볼 때
어떤 남자가 그 여인을 시비 걸 가봐

골목길 지나갈 때 고생하는 당신
지나가다 나는 우연히 지켜보았다

이제는 당당한 남자 되고 싶다
고백하고 싶어도 난 남자답지 않게

고백도 못 하고 혼자서만 계속 좋아하면서
골목길을 걸을 때마다 그 사람이
제발 이 길을 오지 않기만 바라는 바보 같은 나

난 그 사람을 사랑하니까
고백을 하고 싶은데 거절할까 봐
고백을 하였는데 거절 때문에 포기한다면
처음부터 그 사람을 사랑하지 말아야 했다

그 사람이 안전하게 골목길 가길 기원하며
골목길엔 밤은 무서우니 돌아가기 원한다
난 그 사람을 사랑하기에 내 마음속에 남아 있기에

이제는 그 사람에게 당당하게 남자답게 나가고 싶어라
그 사람과 손잡고 밤이 내려와도 이 골목길
서로 간의 의지하며 이 골목길을 지나갈 것이여

하지만 나에겐 당신만이 있어서 살 수 있을 것 같고
당신이 내 옆에 없거든 내 눈이 보이지 못하면
이 세상에서 힘들게 살 것 같다 난 어쩌하다
이런 꼴이 되었는지 모르겠구려

깊은 밤중에

깊은 밤중에도 잠이 오지 않는다
깊은 밤이라도 그 사람이 내 머릿속에 맴돌며
그 사람이 너무나 보고 싶어서 잠이 오지 않고
그 여인이 너무나 그리워서 잠이 오지 않는다

그 사람만 생각하고 남도 아닌 그 사람만을
깊은 밤중에 침대에 누웠어도 눈을 살며시 감으면
나의 꿈속에 한 여인이 나타나서 사랑해 말을 하며 다
가오고
그 여인 한 말에 깜짝 놀라 깊은 밤중에 깨어나 이후
잠도 못 자고

스마트 폰을 만지작하며 그 사람에게
문자메시지를 보낼까 그런 생각만 온종일 하고
책상에 앉으면서 머리를 만지작하며
그 여인에게 편지를 쓸까 쓸려면 뭐라고 쓸까
그런 생각만 아침이 올 때까지만 하더라

깊은 밤중에 잠을 편안히 자고 싶어라
그렇지만 나의 꿈속에 그 사람을 너무 사랑해서
자꾸 그 여인이 나타나서 키스하는 꿈이요
자꾸 그 여인이 나타나서 연애하는 꿈이요
그 사람 대한 별 꿈을 자꾸 꾸는구나

깊은 밤 중인데 불구 하며
그 사람 생각 하는 바람에

낮에는 직장 안에서 눈치 보며
졸고 또 졸며 근무하였고

나 자신에게 물어보며
그 사람을 진심으로 사랑하니
나 자신이 정말 그렇다고 하니
그 사람이 진정 내 아내가 되었으면
그런 생각 하며 다른 생각도 하며 하루를 보낸다

만약에 그 사람이 내 여자 되고
만약에 그 사람이 내 아내가 된다면
그 꿈을 꾸는 것이 없이 깊은 밤에 잠이 잘 오겠구려

제발 사형만은

큰 죄를 지어 사형을 받는다
하지만 내 가슴 속에 한 여인을 연모하였고
큰 죄를 지어 언제 죽을지 모르는 내가
그 사람이 너무나 보고 싶고 너무나 그립습니다

하지만 나는 죽기 싫어요, 죄를 지었으니
죗값을 받을 수 있지만 사형은 싫어요
나는 그 사람을 사랑하고 고백도 못 했는데
어찌 죄를 지었다고 사형을 받기는 해야지만
사형보다 죗값을 달게 받겠습니다

그러니 그 사람 옆에 내가 있고 싶은데
겁이 너무나 납니다 그 사람 두고
사형을 받고 눈을 감고 땅속에 묻힐지
나는요 그 사람을 지켜주고 사랑하며 살고 싶어라

지키며 그 사람을 아끼면서 사랑하며

나에게 주이진 죗값을 받으며
한 사람의 행복 책임지며
한 사람의 희망과 축복을 전해 주며
그러니 사형만은 면해 주시길...

한이 맺혀 있는데 그 죄를 짓은 사형장에
내 목을 걸어야 하는가? 아마 걷지도 못 하더라
한 사람의 남편으로 살고 싶고 그 사람은 내 아내로
고백도 못 했는데 후회 많이 하며 사형장에 서며

이럴 줄 알았으면 그 사람에게 고백해 볼 걸

그런 생각 하며 사형장에 들어서며
하지만 내 기도가 통했던가
한 사람을 지키사 죗값을 받으며
한 사람의 남편이 되며 살거라
그런 의미로 그 사람을 연모하여서
그 사람에게 양해 바라며 난 죄인이니
당신 한 사람을 너무 사랑하기에

윗사람이 당신을 사모 하며 죗값을 받으라고
목숨을 구해 주셨구려

여자

나이가 어리다고 여자가 아니다
그런 편견을 버려야 이 세상 살아간다

나이가 어리다고 여자이고
나이가 동갑이라고 여자가 아니다
친구이긴 하나 그 사람도 여자

친구로만 보았을 뿐이지 그 사람도 여자
동생으로만 보았을 뿐이지 그 사람도 여자
교회 안에서 만난 사람도 여자

사람은 누구나 여자를 볼 땐 정으로 만난 사람이며
사람은 누구나 남자를 볼 땐 정으로 보는 사람이며
그 정을 지내다 보면 점점 사랑을 느끼며 이성으로 보
는 것이더라

사람이 어린 사람을 만나고 나이 차이가 많이 나더라고

그 사람은 미친 사람이 아니라 그만큼 그 사람을 사랑
하는 것이며
　사람이 여자가 연상이거든 여자가 미친 여자가 되는
것이 아니라
　그 사람이 아니면 그 여자는 혼자 살 수 없을 정도 사
랑하기에

　사랑은 나이가 무슨 소용이든가?
　사랑은 서로가 사랑하는 마음이 확인하면 되는 것이며

　실패하지 않고 결혼하고도 죽을 때까지 그 사람에서
　나이 먹으며 아이들을 키우며 죽는 것이 결혼생활의
성공이더라

　남자는 여자의 마음을 모른다
　여자는 남자의 마음을 모른다

　서로가 알면 어찌 사랑하며
　서로가 알면 어찌 여자로 보고 남자로 보는가

　서로 마음을 알지 못하는 것이 사람의 상식이며

서로의 마음을 알아가며 이 여자가 좋은 음식 알고
서로의 마음을 알아가며 이 남자가 어떤 취향인지 알며
그렇게 서로 알아가며 나아가며 사랑을 키우는 것이며

나이가 어릴 뿐이지 여자가 아닌 것이 아니라
어릴 여자도 여자이며 우리는 조심스럽게 이야기하며
어릴 여자라고 스킨쉽도 조심스럽게 나아가며

어리는 여자이든 나보다 나이 많은 여자이든
다 여자이며 사랑을 하고 싶어하는 사람이며
그런 여자를 좋아하게 된다면 그 사람 위하여
자신의 헌신을 해야 할 것이며 상처를 주지 말아야 한다

여자의 행복을 책임질 수 있다면 결혼하거라
여자의 꿈을 위해 한 걸음씩 도와줄 수 있으면 연애하
거라
그렇지 아니하면 사랑하다 상처받을 뿐이니
친구로 지내거라 동생으로 지내거라 그런 것이 서로
가 좋다

한 사람을 사랑할 땐 싸움이 난다 할지라도
무조건 남자의 잘못이니 남자가 져주시구려

자전거 여행

홀로 자전거를 가지고
출발하여 자전거 여행을 즐긴다

자전거를 타면서 논과 밭두렁을 지나
각 마을도 들어가 보고 기관에 가면서
더우면 물 마시러 청사 들어가 보고

자전거를 타며 산을 올라가 보며
등산로 따라 올라갈 때 땀을 빼면서까지
끌고 올라가고 내려갈 때는 재미있게 내려간다

자전거를 계속 타면서 가다 보면
저 멀리서 바닷가 보여요
계속 달리면 세트장도 나오고
계속 달리면 먹을거리도 많은 곳으로 온다

슬슬 배고프니까 자전거 한쪽 놓고

맛있는 먹을거리도 먹으며 차도 마시며

하지만 오늘의 자전거 여행
나 혼자 다니기에 그 사람이 그립다
나 홀로 자전거 코스 돌아다니며
그 사람의 얼굴이 내 머릿속에 맴돌며

바닷가 방파제 있는 데까지 자전거 타며
저 등대에 가서 저 넓은 바다 바라보며

다시 한 번의 그 여자를 생각하는구나

바닷가에 와서 물 빠진 저 갯벌
자전거 한쪽 놓고 갯벌 잡으러 들어가며
갯벌을 많이 잡아서 탕이나 해 먹어야지
그런 생각 하며 무작정 뛰어들어가더라

마음은 쓸쓸하면서 이 바닷가에
호미질하며 낙지 잡고
호미질하며 해산물 잡으며내가 사랑하는 그 사람과
같이 왔으면 그런 생각만 하는구려

영화 보러 가실래요

오늘은 영화 보고 싶어서
대중교통 타며 설레며 가지만
나 홀로 영화 보러 가는 데 왠지 불안하다

영화표 예매하기 위하여
줄을 서지만 너무나 쓸쓸합니다
내 앞이나 내 뒷사람들은 다 커플이고
그 가운데 서 있는 난 혼자이더라

영화관 안에 들어서면 더 슬프다
주변 사람들을 보면요
커플들이 커플석에 앉아서
서로 팝콘 먹여주며 미소를 보여주며
같이 영화를 보며 웃을 땐 같이 웃고
같이 영화를 보며 겁먹을 땐 같이 겁먹으리라

다음에는 이번 영화를 보지 않았다고

생각하며 그 사람과 기꺼이 한 번이라도 가세

재미있는 영화를 보기 전에
오늘 영화가 어떤 재미가 있을까?
그런 생각 하면서 서로 마음을 확인하며
영화장에 들어가는 계기를 만들고 싶어라

내가 사랑하는 그 이
손잡고 영화표 커플석으로 자리 잡고

서로 영화 보면서 팝콘 먹다가 손도 잡아보고
그런 사랑을 하고 싶어라 내 마음은 당신뿐이니까

연인들은 누구나 즐거운 데이트
한 번쯤은 같이 영화를 보는 것이고
한 번쯤은 같이 팝콘 먹다가 서로 손도 잡는 것이니

이런 데이트 연인석 앉아 웃고 울고 무섭다
그런 표현을 그 사람 앞에서 하고 싶으시구려

몰라요

나는요 남자인가요?
그 사람을 사랑한다고 생각하며
그 사람을 사랑하는 내가 겁이 나네요
그 사람이 나를 어떻게 생각하는지 몰라서

어떻게 생각하든지 무슨 상관인가요
내가 그 사람을 사랑하면 말없이 옆에 있어주고
내가 그 사람을 사랑하면 그 사람 위해 기도해 주면
되는데
어찌 그 사람을 사랑할 자격과 지켜 줄 수 있겠는가?
내가 내 자신에게 물어보면 나도 몰라요

사랑은 모르면서 만나게 되면 그걸 어떻게 헤쳐나가며
그 사람을 위해서 도와주고 나가면서 알게 되는 것이
사랑이다

그 사람을 남몰래 나 혼자 연모하면서

나는 그 사람의 마음을 몰라요
나는 그 사람의 생일도 몰라요
그래서인지 그 사람한테 눈치 없게 행동합니다

오히려 내가 그 사람 앞에서
사랑한다고 말하는 것보다
그냥 옆에서도 도와주고 하는 행동
그대로 해야 하는데 그 사람의 마음 몰라주는 내가
어찌 그 사람을 사랑할 자격이 있겠는지

너무나 후회스럽습니다
그 사람이 나를 어떻게 바라봐도
말할 면목이 너무나 없습니다

그 사람이 안 보이면요
걱정만 하지 실제로 물어보지 못하고
그 사람이 안 보이면요
집 안에 일이 있어도 눈치 못 채고
어찌하여 내가 그 사람을 사랑할 수 있단 말인가

하지만 나는 그 사람의 생일도 몰라요
나는 그 사람의 원하는 것도 몰라요
사랑할 때는 다 몰라요 사랑하면서
그 사람이 원하는 것도 알게 되며
사랑할 때는 다 몰라요 사랑하면서
그 사람도 지켜 주면서 행복합니다

하지만 정리 못 하네요 그 사람에 대한 나의 사랑
내가 힘들어 합니다 그 사람을 정리 못 하기에
나는요 아직도 그 사람을 지금도 사랑하며
그 사람을 남몰래 연모하며 이대로 살고 싶으시구려

순종

한 사람을 순종하면서
사랑을 하게 되며 키워온다
사람의 눈높이 맞춰 살며
그 사람만 사모하게 되면서
그 사람만 바라보고 이곳까지 옵니다

순종이란? 한 여자만 보고
순종이란? 한 사람만 사모하고
순종이란? 한 사람만 그리워하는 것이며
다른 사람에게 교제하여도 어느 정도의 선까지만
자신은 한 사람을 사랑하며 지내오면서
다른 사람과의 더욱 친근감이 있다면 오해만 생기는구나

한 여인을 바라보며 순종하며
그 여인만 내 가슴 속에 품으며 순종하며
그 사람 위해 기도 하면서 그 사람만 생각하고

그 사람이 행복해야 나도 행복하고
그 사람이 웃으면 나도 웃고 삽니다

한 사람이 나를 어떻게 생각할지
나는 몰라도 나는 전혀 상관 하지 않을래요

한 여인을 사랑하고 연모하고 있으니
그 여인만 순종하며 그 사랑 간직하고 싶어라

기부하는 내 마음이 굴뚝 떠오르지만
내 이름이 아니라 내가 사랑하는 그 사람 이름으로

순종하는 사람의 가슴 속에는
항상 다른 사람이 아니라 오직 당신만이 있고
그 사람을 사랑하고 그리워하며 보고 싶어 하며
몇십 년이 지나도 기억이 남는 유일한 그 한 사람이시
구려

신발집 가면서

길거리에 보이는 신발 파는 가게
신발 사러 들어가면 여자들만 신는 운동화 보이고
신발 사러 들어오면 여자들이 좋아하는 구두도 보이고
신발 사러 들어오면 내가 살 운동화와 구두가 보인다

내 신발 사면서 여러 눈길이 보이지만
내 고민이 빠집니다 그 사람의 신발도 살까 말까

신발 가게 안에는 커플들이 많이 오고
서로 신발을 사주며 좋은 시간을 보내지만
나는 그 사람을 연모하면서도 그 사람에게 고백하지
도 않았다

그 사람과 손 맞잡고 그 신발 파는 가게에 들어가서
그 사람의 맞는 구두 한 켤레 사고 운동화도 사며
시간을 보내고 싶은 생각이 너무나 머릿속에 생각나
는구나

나는 그 사람을 사랑하기에 뭐든지 해 주고 싶어라
내 주머닛돈이 없어도 돈을 빌려서라도 사주고 싶어라
항상 신발 사러 는 길이 나에겐 긴장하게 만드는 길이요
사람의 맞는 신발을 살까 말까 그런 생각만 하며 가는
길이요

그 사람의 생일이 오거든 말거든 그 신발 사러 갈 때
내 운동화 사고 내 구두 사고 시간이 있거든 없거든

상관하지 않고 그 사람의 신발도 한 켤레라도 살래요

그 사람만을 만나면 아무런 없이 이 신발을 전해 주며
이유 없이 내 신발 하나 사다 당신 거 신발도 선물로
사 왔습니다
이런 말만 하고 아무런 말 없이 그냥 지나쳐 가도 원
한이 없겠구나

당신의 생일만 알아도 아름다운 구두 사 주고 싶고
큰돈이라도 적은 돈이라도 주고서야
당신이 행복한 모습을 영원히 보고 싶어라

그 사람의 발 사이즈 몰라도 저 멀리서 본 당신의 발
감으로 진정 그 사람을 사랑하는 내가 시험대에 올라서
그 사람의 발 사이즈 맞춰 그 신발을 사 가지고 가면요

내 마음이 긴장되며 땀이 주룩 흘리며
지켜보며 그 사람에게 크면 어떻게 하지
지켜보다 그 사람에게 신발이 작으면 어떻게 하지
그런 생각이 내 머릿속에 맴들어서인지 조마조마합니다

하지만 그 사람을 사랑하는 내 마음
그 발 사이즈를 맞춰도 그만이고 몰라도 그만이며
마음이 중요하기에 내 마음은 조마 할 필요가 없더라

그 사람에게 구두 한 켤레의 주는 마음
그 사람에게 따뜻한 사랑과 정이 전해지며
신발 집 앞에서 오늘도 당신 생각만 하고 있구려

사랑한다는 그 말

지금도 그 사람을 사랑합니다
그 사람을 사랑하는 내 마음을
그 사람은 모르지만 나도 그 사람의 마음 몰라요

그 사람을 저 멀리서 바라만 보아도
그 사람을 말없이 옆에 있기만 하여도
나의 웃음이 찾아오고 말없이 그냥 행복합니다

나만의 행복하여도
그 사람의 마음을 모른다

사랑한다 그 말을 여전히 내 맘 속에 말일 뿐이며
그 사람에게는 그 말을 하지 못하고 하루를 보낸다

내가 한 말에 때문에 그 사람이 힘들어하는 모습
내가 원하지 않기에 오히려 고백하지 못하겠구나

저 멀리서 그 사람이 웃고 행복한 모습이 보이는데
그 어찌 그 사람 앞에서 내가 당신을 사랑한다고
그 말을 어찌할 수 있단 말입니까?

당신이 봉사하는 모습 보며 배려하는 모습 보며
나는 오히려 내 마음속에 항상 이런 말이 남기며
당신을 사랑합니다 진심으로 그 말을 입으로 말고 내
마음으로

그 사람이 내 옆에 있기만 하여도
내 할 일을 못 합니다 내 심장이 멈추는 것처럼
심장이 막 뛰면서 얼굴이 빨개지면서

하루를 보내며 그 사람을 그리워하며
한 주간을 보내며 힘든 한 주간이 지나가며
당당하게 그 사람에게 언제 사랑한다고 그 말을 할 수
있는 날
올 때까지 지금처럼 이대로 계속 살고 지내고 싶어라

그 사람을 바라보며 내가 언제 당신께
고백하는 날이 언제 올까? 그런 생각 하며

그날만 오기만 기다리며
내 맘 속에 지금도 당신을 연모하며
그 사람이 내 가슴 속에 남아 있구려

당신을 통하여 나의 기쁨

나에게는 당신만이다
당신은 나를 싫다고 하여도
나는 당신이 저 멀리서라도 있어야
마음이 편안하고 그 사람을 지켜주고 싶은 마음

누구 때문에 당신이 힘들어하는 모습
나도 원하지 않고 나도 울고 싶어라

당신을 통하여 웃게 되면요
나도 당신을 보게 되며 나도 기쁩니다

무슨 행사장에서 당신을 우연히 만날 때
왠지 나도 기분이 좋아요, 당신이 웃고 있기에

경품권을 받으며 기대하면 나도 기대하며
그 경품권을 보고 또 보고 긴장하며 마무리하는 하루

경품권을 받아서 내가 경품이 당첨된다면
기꺼이 무슨 상품이 상관없이 그냥 당신한테 주라고
귀띔해 주며 조용히 저 멀리서 당신이 행복한 모습 보
고 싶어요

당신이 저 끝에서 상처받고 우는 모습
나도 마음이 아프고 그 사람 따라서 울상 되며
나는 당신이 무시해도 당신이 날 이상한 사람으로 취
급하여도

나는 그래도 당신이 좋아요 당신이 이 세상에서 예쁘
게 보이는 사람

그래서 당신이 나 때문에 힘들어하여도
다 내 탓이요 당신이 힘들어하는 모습도
다 내 탓이요 그러니 날 없다고 치고 행복한 하루
그래야 당신 옆에 있지 않아도 당신을 통하여 나도
기쁨

당신의 행복이 나의 행복이요
당신의 축복이 나의 축복이요

당신의 즐거움이 나의 즐거움이요
당신의 기쁨이요 나의 기쁨이더라

사랑하는 자한테 울상보다 행복한 모습 내가 원하고
있으시구려.

지. 못. 미

항상 나는요 그 사람에게
항상 죄인처럼 미안합니다

말없이 나 혼자 연모해야 하는데
당신께 괜히 고백하여 힘들게 해서
그 사랑을 지키지 못할까 봐 겁이 나요

연모하면 계속 연모 하며
당신이 나에게 관심이 주어진다면
그 사랑 지켜주고 싶고 당신의 불행을 만든 내 탓이요

내가 그 사람을 연모하는 게 잘못이 아니지만
그 사람이 나와 사이가 안 좋아질까 봐 두렵소
하지만 나는 상관이 없도다 그 사랑을 지키기만 원하며

그 사람은 내가 사랑하고 있는지 몰라도 알아도
나는 그 사람에게 우렁각시처럼 옆에서 기도해 주고

나는 그 사람에게 우렁각시처럼 행복을 기원해 주는 사람

내 가슴 속에 당신의 석 자 새기며 그 사람의 얼굴을 머릿속에 맴돌며

고백을 하지 못한 나도 힘들다

사랑은 왜 지키기 위하여 힘들고 지치는구나

고백하여 당신이 힘들고 날 꼴 보기 싫어도

그 벌을 기꺼이 받겠습니다 지키지 못한 사람이니까

말없이 그냥 동생으로 지내면서 그 사랑 지켜왔어야 하는데

말없이 그냥 친구로 지내면서 그 사랑 지켜왔어야 하는데

괜히 당신께 사랑하고 있다고 그런 말 하여 우리 사이 벽이 생겨서

벽이 생기게 한 원인 제공자 바로 저이기에 할 말이 없더라

당신을 사랑한다고 하는 내가 당신께 상처를 주며

그 사랑을 지키지 못해서 미안합니다

하지만 나 말고 다른 사람 만나도 행복하길 기원하며

당신을 남몰라 내 가슴 속에 남아 있는 한 여인으로
두고

당신이 이루고 싶은 꿈 이룰 수 있도록 그 길 가도록
기도 하겠구려

기다림

다른 여인이 나에게 좋다고 고백한다 해도
나에게는 다른 여인이 아니라 그 사람만이 생각하며
나에게는 다른 여인을 양해하며 거절할 것이다
오히려 당신을 기다리며 또 기다리겠습니다

비가 와도 그 사람 위하여 집 앞에서 기다리며
눈이 와도 그 사람이 나에게 오기를 바라며
예전에 만나서 놀았던 그 장소에서 기다릴 것이여

어찌 첫사랑인 그 사람을 잊겠는가?
어찌 내가 짝사랑했던 그 사람을 잊을 수 있겠는가?
내 마음에 그 사람이 자꾸 떠오르기만 하옵니다

하루 기다리며 또 하루 기다리며
내 옆에 다른 여인 만나 연애할지라도
다른 여인과는 결혼까지 할 생각이 없더라

내 마음속에는 항상 그 사람이 오기만을
내 곁으로는 다른 여인과 연애하며
그 사람만이 보고 싶어 하며 그 사람이 너무 그리워
밤마다 저 달을 쳐다보며 오겠지 생각하며 기다린다

나에겐 다른 사람이 아닌 그 사람일 뿐이다
나만의 일기 쓰며 그 사람이 있을 때
즐거웠던 일과 안 좋았던 일과 보람 있던 일을
그때 생각을 다듬어 생각하여 일기를 써보는구나

그 일기 몇 년 뒤라도 버리지 않을 것이며
그 사람이 본다 한다 해도 짝사랑 하는 당신을 기다릴
것이다
그 일기를 선물로 줄 것이다 이제 와서 고맙습니다

한 사람을 사모할 때는 보고 싶고 그립고 안 보면 환
장하고
지금은 헤어진 사이라고 해도 그 한 사람을 잊지 못하
여다른 여인과 연애할지라도 마음속에는 그 사람일 뿐
이고
그 한 사람이 나의 배우자감이라고 다시 생각하고 눈

물을 흘립니다

　지금도 그 사람이 다시 나에게 오기만을
　또 기다리며 저 하늘의 그 사람의 얼굴이 떠오르며
　그 사람에 대한 나의 사랑 영원히 변하지 않을 것이시
구려

사랑·희망·배려를 알려주는 배우자

한 여인을 만나 사랑을 하면서
옛날 내가 아니라 지금은 다른 사람이 되었다

내가 혼자였을 때에는요
사랑이 무엇인지 잘 몰랐고
남들을 사랑을 주는 방법도 몰랐다

내가 혼자였을 때에는요
희망이 무엇인지 잘 몰랐고
남들에게 희망을 주지 못하였더라

내가 혼자였을 때에는요
배려가 무엇인지 잘 몰랐고
배려하는 방법도 몰랐습니다

이제는 사랑하는 법을 배웠습니다 그 사람에게
이제는 희망을 주는 법을 배웠습니다 그 여인에게

이제는 배려하는 법을 배웠습니다 당신에게

한 여자 사랑하다보면 사랑하는 법을 느끼게 되며
한 여자에게 희망을 주면서 남들에게 희망을 주는 사
람이 되고

한 여자에게 배려하다 보니 남들에게 자신 있게 배려
를 하게 됨이라
한 여자 덕분에 나의 인생이 확 바뀌게 되며 한 여자
한테 고마운 마음일 뿐이구나

당신께 잊지 못할 사람이요
나는 당신을 사랑합니다
나는 당신을 감사합니다
나는 당신을 존경합니다

나는 당신이 나의 아내이었기에 나는 정말 행복하고
나는 당신이 나에게 은혜를 갚아야 할 사람이니까
당신 통하여 사랑을 배워서 인정받는 사람이 되고
당신 통하여 희망을 배워서 희망을 원하는 사람이 되
어주고

당신 통하여 배려를 배워서 배려하며 봉사도 하게 되었더라

그런 당신이 나의 여자가 되어주셔서 정말 좋습니다
당신에게 실망을 주지 않고 상처 주지 않겠구려

잘, 사, 생, 안, 지, 안, 전, 달

한 여인을 연모하면서
저 멀리서 지켜보면서 후회하며
너무나 응원해 주며 행복하길 바랄 뿐입니다

한 여자를 사모하며 좋았다
저 사람 눈앞에 보이지 않았기에
그 사람을 그리워하며 보고 싶었다

사이가 좋았을 때가 제일 그립더라
잘해줄 걸, 사랑을 더 해줄 걸,
생각하며 말할 걸, 지켜줄 걸,
안부 물어 볼 걸, 더 안아 줄 걸
전화 자주 할 걸, 달 보며 그리워할 걸

저 사람을 진정 사랑하며 고백이나 할 걸 후회하며
지금은 너무나 힘들고 그 사람만 보면 환장하는구나
내가 무엇을 해야 그 사람이 기뻐할지 잘 모른다

저 사람의 행복 위해서 저 멀리서 바라만 보는 것일
뿐이더라

가끔 그리워하며 그 사람 생각하며 더욱 사랑이 커져
가구나

헤어지기 전에는 잘해 줄 걸 한 번이라도

사랑하면서도 더욱더 사랑해 줄 걸 한 번이라도

생각하면서 또 생각하면서 말 잘해 줄 걸 상처받지 않
게끔

안아주지 못하는 내가 이럴 줄 알았으면 더욱 안아
줄 걸

지켜주고 싶었는데 불구하고 이럴 줄 알았으면 더욱더
지켜 줄 걸

안부 묻지 못했지만 한 번이라도 안부를 물어 보며 지
낼 걸

전화하면 받지도 않았는데 한 번이라도 전화 자주
할 걸

달 보며 그 사람을 그리워할 걸

지난 내가 사랑한다는 그 사람에 했던 행동 지금에서
야 후회하지만

이미 그 사람은 내 곁에 떠나갔고

후회 많이 하며 다시 그 사람을 사모하며 지내고

후회 많이 하며 다시 그 사람을 연모하며 지내며

그 사람이 나를 다시 받아준다면 흘러간 인생보다

더욱더 잘해 주며 안아 주며 지켜주며 전화하며 말 잘

하고

그런 당신만을 사랑하는 그런 남자가 영원히 당신을

내 곁에 두고 싶으시구려